DARE YOU TO
STAY ALIVE

DARE YOU TO
STAY ALIVE
CHARACTER FILE
死なないでくれ
赫野
Profile
殘忍無情，自認高人一等，
典型的高智商反社會人格。
無可救藥的惡人。

GOBOOKS
& SITAK
GROUP©

三日月書版

三日月書版

DARE YOU TO
有種你別死
YY的劣跡
illust 生鮮
STAY ALIVE
3
三日月書版
輕世代 BL052

DARE YOU TO STAY ALIVE

Contents

DARE YOU TO
CHARACTER FILE
STAY ALIVE
死なないでくれ
赫颯
Profile
花花公子外貌，十分有女人緣，
擅長利用外貌獲取他人好感。
看起來很厲害，其實膽量很小，
會被屍體嚇到。
專門負責照料林深的伙食。

DARE YOU TO
CHARACTER FILE
STAY ALIVE
死なないでくれ
林深
Profile
冷漠冰山，關鍵時刻很值得信賴。
森林的守林人，處理過各種自殺者屍體，認為人不該隨意放棄性命。

第四十五章　夏之蟬（一）

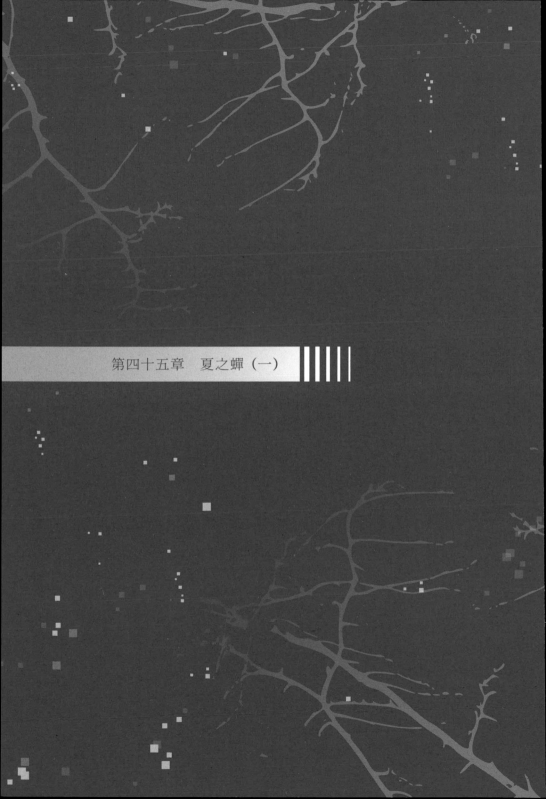

知了——知了——

知——知——知了……

六月份，樹蔭已經長得很茂密，站在林中，只能透過樹葉間的細縫偶爾看到些藍天。陽光千方百計地鑽過樹冠層，落到地面上時已經零零碎碎，像是被撕裂的金紗。

一個男人站在樹蔭下，背靠著樹幹，閉著眼，似乎睡著了。

風從他的臉頰上溫柔地拂過，掀起額髮，落下一個輕柔的吻。男人被這無形的吻驚醒，睫毛輕顫了幾下，緩緩睜開眼睛。清醒的最初幾秒，他年輕的面容上有片刻疑惑，像是不清楚自己為什麼會在這。

樹上，蟬兒拚命地發出一聲又一聲的鳴音。

男人閉眼，輕輕聆聽了一陣。

聽著那雄蟬撕心裂肺地呼喚——

知了，知了。

知，了。

蟬鳴時節，夏已至。

連續幾日都是萬里無雲的晴朗天氣，守林人趁著這難得的好時節，今天下山辦事去。

兩人先去鎮上的警局處理了最近的工作事宜，然後便由赫颯做主，來到鎮上唯一的一家手機店。

「這次一定要讓你買手機！」

進店之前，赫颯已經下定決心。

「作為一個生活在資訊時代的人，你不會用電腦就算了，怎麼能連手機都沒有！」他搶在林深拒絕之前又道，「要是早點教會你用手機，上回也不會發生那麼悲劇的事。好不容易找到黑夜的線索，結果被你弄毀了！」

這句話林深無法反駁，只好乖乖跟著赫諷進了這家手機店。

「歡迎光臨，請問您需要什麼款式、式……」

一進門，店員熱情的招呼聲在看到跟在赫諷身後的某人後戛然而止，像是突然漏氣的氣球，一下子就癟了下去。

赫諷了然地看著店員的表情，「看不出來你在這裡的知名度很高嘛，是個人都認識你。」

林深回道：「如果你在山上住了十幾年，被人當作是吃人肉的妖怪，你也會被所有人記住，想忘都忘不掉。」

「哈，我怎麼不知道你還吃人肉？」

「你想讓我吃給你看？」

和林深的垃圾話到此為止，赫諷看見店員小弟的臉色越來越蒼白，身體也簌簌發抖，也不好繼續開玩笑，便就此打住話題。

「你好，幫我介紹一款功能最簡單的手機，只要能打電話和傳簡訊……等等，你會傳簡訊吧？」說到這裡，他回頭去問林深。

林深面無表情道：「我記得我跟你說過，我是高中畢業。」

「嗯嗯，高中畢業，那注音應該還是會的。」赫諷轉過頭，繼續對店員道，「就是功能最簡單，用起來最方便的那種手機，有嗎？」

見店員遲遲沒有回話，赫諷不由得追問：「難道現在已經沒有這種款式了？」隨著他的問話，林深的視線也向店員投了過去。

「有！有的！」立刻打了個寒戰，店員連忙從櫃子裡拿出一支手機，「這種就是，只有簡訊和電話功能。」

「啊，觸控的？」赫諷似乎不太滿意。

「您、您要是想要的話，也有不是觸控的……」

「拿來看看。」

最後，可憐的店員顫抖著拿出了一支像磚塊一樣的黑色手機，螢幕只有指甲大小，機身笨重又累贅，但赫諷卻很滿意。

塊頭大，林深才不會把手機弄丟。

螢幕小，沒關係，反正又不拿來玩遊戲看影片。

至於按鍵，這種舊款的手機，按下去頗為費力，還會發出吱吱的聲音。不過這也正適合林深，這傢伙就是蠻力大，這樣才不會弄壞。

「好了，就這一款，多少錢？」

店員小心翼翼道：「兩、兩千……」

赫諷錯愕，「什麼，這麼──」

他的話還沒說完，店員就像是受驚的小動物一樣不停地搖頭，連忙道：「不不不，兩千是以前的價格，現在有優惠，只要一千、不，八百就可以了。」

赫諷挑眉。

店員看著他的神色，小聲道：「那，五百？」

挑起的眉毛似乎又有升高的趨勢，見狀，店員都快哭出來了，哭喪著臉說：「兩百五！不能再少了，先生，再少我就要倒貼錢了。」

赫諷看著他楚楚可憐的模樣，輕輕咳嗽幾聲。

「其實，我一開始是想說，五百的話能不能送個電池。」

「……」

「但是既然你都兩百五賣給我了，那我就不要電池了吧。」他頗為善解人意地道，「兩百五十元，來，收好，麻煩幫我們裝盒子裡，謝謝。」

「……」

收錢離開的店員最後是什麼表情，赫諷已經顧不上了，他現在滿臉好奇地看著林深。

「盯著我做什麼？」林深有些不太自在道。

「我在想，你這張臉真的是很不錯，為什麼我以前都沒有注意到？」赫諷眼放光芒，緊緊盯著林深的面容，似乎不打算錯過任何一個細節。

「這樣一張臉，這樣一張面孔，簡直就是——」

林深微微側過頭去，不知是不是錯覺，耳尖在陽光下有點泛紅。

「簡直就是居家旅行之必備神器啊！」赫諷把話接完，嘖嘖感嘆，「你頂著這張臉出去買東西，誰敢跟你討價還價？一眼瞪過去，對方就什麼都乖乖交出來了。為什麼我以前都沒有想到這點？浪費了多少資源啊。」

「……」林深轉頭看他，「在你看來，我的臉就這點用處？」

「不然呢？」赫諷疑惑，隨即又釋然，「你以為我是在說你的相貌？」

他自以為瞭解地點了點頭，走上前，哥倆好似地拍了拍林深的肩膀。

「我知道和我走在一起，會讓世界上百分之九十九的男人相形見絀，但是你也不用太在意。雖然比不上我，但是在一般人眼裡，你也算是小有姿色的，不用擔心嫁不出去。」他半開著玩笑，「要是真的嫁不出去也別難過，我一定會幫你想辦法的。」

「你？」林深的左眼輕眨。

「嗯！我會負責幫你找個好人家，絕對不會虧待你！」

啪啪啪，又是大力拍了幾下，赫颯開玩笑開得似乎有些得意忘形，因此也沒注意到林深眼中一閃而逝的精芒。

「好啊，我等著。」林深看了他一會，側眼看向店外，低聲道：「要是找不到，你就主動獻身好了。」

店員來喊赫颯去拿包裝好的手機，他恰巧錯過了林深的這句話，也不知道今天這一時的玩笑，為自己以後翻身無路的日子奠定了多麼牢固的基礎。

一失足成千古恨，一失言成萬年受啊。

「手機拿好。」

出了店門，赫颯將 SIM 卡裝好，把手機交給林深。

「通訊錄現在只存了我一個人的手機，你想找我的時候，打這個號碼就可以，就是這裡，看見沒？」一邊教導林深如何使用手機，赫颯一邊解說。

「我覺得這完全沒必要。」林深有些鬱悶地看著手中的黑磚塊，「我想找你直接喊一聲就可以了，為什麼還要用這個東西？」

想起兩人每天形影不離，除了睡覺之外距離不會超過十步遠，赫颯也點頭：「雖然這麼說是沒錯，但總還是要以防萬一。你想想，如果遇到了意外情況，我們就可以用這個聯絡了。」

林深看了看自己手中的「磚塊」，再看了看赫颯的超薄限量版某知名品牌手機，即使他不懂得這一方面的追求，此刻也深深感到了一種不平衡。

赫颯注意到了他的視線，哈哈笑一聲，故意拿自己的手機在林深面前晃了晃。

「你想要用我這種？哼哼，等你把手裡這款用上手了再說吧。還不會走路就急著想跑，這樣不行啊、不行啊。」

看著他得意洋洋走遠的背影，林深默默握緊手中的手機。

他想了想，決定這個月還是不發獎金給赫諷了。

至於理由，不尊重上司這點算不算？

鑒於很多原因，兩個守林人並沒有在山下逗留更久。在太陽悄悄跑過頭頂、向西偏轉的時候，他們就已經沿路返回。

六月，路邊的野草和沿路的樹枝，都像瘋了一樣從路兩旁伸出來。要是不仔細看，這小小的一條山路都要被樹枝草葉隱沒了。

「是時候要請人清理一下山路了。」林深叨念著，「不過這次有兩個人，應該可以少雇一些人幫忙。」

赫諷在他身後聽得直冒汗。

「喂喂，你是什麼意思，不會是把我也算進清路的人手裡吧？當時簽的雇傭合約裡可沒有這一條！」

「嗯？是嗎？」

「不要敷衍！我絕對！不幹！這種汗流浹背、一點形象都沒有的事情！」

「喔。」

「林深，我說你……突然停下來幹嘛？」赫諷還打算繼續抱怨，走在前面的林深突然停住步伐。

林深背對著他，凝視著不遠處某塊鬆動的泥土，似乎認真地等待著什麼。

赫諷也好奇地隨之望去，看著那塊貌似普通的土地。

最上面的一層土似乎在微微顫抖，不，是真的在抖動！

像是有什麼東西在泥土裡掙扎，想要破土而出，平坦的土地漸漸聳起一個小小的土包。

土包頂端鬆散四裂開，接著，一個尖尖小小的腦袋先試探地伸了出來，隨即，便探出一整個頭部。

直到它整個身體從土裡鑽出，開始抖動身上的泥土，赫颯才發現這竟然是一隻昆蟲。

一隻從泥土裡鑽出來的昆蟲！

他的驚訝還沒來得及維持多久，只見那小小的蟲子像是披著一層淡色的薄衣，衣殼下那細小的身軀微微顫動著。

下一秒，一聲悠長清脆的鳴音在耳邊響起。

那聲音清楚、明亮，像是伴隨著涼風吹來的一道笛音，飄進耳中，也喚醒了某種屬於夏天的記憶。

「知了破土了。」

林深說著，抬頭看了看天色。

「夏天到了。」

這麼一說赫颯才注意到，自從安靜下來以後，附近的樹上都傳來這一聲又一聲的鳴叫。

一聲接一聲，此起彼伏。

知了，知了。

幽幽竊竊，似乎是一遍遍地重複著沒有盡頭的呼喚。

夏日蟬鳴。

小小的蟬，有著堅硬的外殼，輕薄的翅，頭頂一雙細小的觸角像是對這個世界充滿好奇，四處探索著。它從黑暗的世界裡掙扎而出，第一眼看到的卻不是明媚的陽光。

幼蟬在日夜相交時破土，迎接它們的是布滿整片天空的星光。

——夏之夜。

入夏後，天色就暗得晚了。

將近七點時，天空還十分明亮，夕陽在西方散發著最後的餘熱。

連日的晴天讓樹林變得有些悶熱，赫颯坐在院子裡搧著蒲扇，很沒有形象地拉開衣領，往裡面搧風。

他是最怕熱的體質，一到夏天基本上都待在冷氣房足不出戶。然而這一次，卻別指望這荒山野嶺的木屋會有空調這種東西。

「為什麼在山上還這麼熱？」

就在他不停抱怨的時候，林深從背後端了一杯涼水出來，「我倒是奇怪，為什麼你覺得山上就應該涼快？」

「難道不是這樣嗎？從小大家都說夏天去山上避暑。」

「大家？哪個大家？」林深看了他一眼。

「這個……書上，電視裡？總之周圍的人都這麼說，總不至於不對吧。」赫颯抓了抓頭。

「很遺憾，我們家的山林，可不是那種到了夏天就又涼快又有風的天氣。」林深道，「這裡本來就靠近熱帶，再加上又是原始森林，不透氣，到夏天會比其他地方更悶熱。如果遇上連續的陰雨天氣，水氣散發不掉，還會變得又溼又熱。有風溼病的人住在這裡的話，在這種天氣都下不了床。」

看著赫颯逐漸瞪大的眼睛，林深又補充了一句。

「和你想像中陰涼的山林出入這麼大，還真是抱歉啊。」不過這句話裡聽不出一點誠意，倒是有幾分幸災樂禍。

赫颯過了好一會才能夠接受現實，感受著周圍的悶熱，他欲哭無淚。一抬頭，更加鬱悶地看見林深把玩著新買的手機，喀嚓喀嚓按得不停作響。

「我究竟是把自己賣到了哪個深山野林……」

「撿屍體的深山野林。」林深一邊玩手機一邊補充。

赫颯看著這個場景，突然覺得有些奇怪，但是又說不出是哪裡奇怪！半晌，他像是想到了什麼，猛地拍大腿跳起來。

「林深！你這傢伙！」

「嗯？」林深不明所以地抬頭。

「你會用手機對不對！我想起來了，我第一天遇到你的時候，你明明就在打電話，後來幾次也是你用手機把山下的人喊來。為什麼偏偏會把那張 SIM 卡掰斷，你故意的是吧！」

林深眨了眨眼，無辜道：「是意外。」

「鬼才信！你欺騙我的感情，你說你要怎麼賠！」

看著赫颯跳腳的樣子，林深嘆氣，起身回屋，過了一會拿了一樣東西出來，扔給赫颯。

「你扔什麼鬼東西過來？」

赫颯順手接過，感到手裡一沉，低頭一看。

一個方方正正，比昨天買的那款手機還要古早的玩意正在他手裡躺著。

那古樸懷舊的款式，那經典的超厚厚度，那令人難以忘懷的粗短天線，一下子就把記憶拉回世紀初。

「這是爺爺很多年前留下來的，我一直用到現在。」林深說，「我覺得它和你們現在用的手機，完全是兩個品種。」

赫颯愣住了，「這個還能用？」

「能用吧。」林深說，「至少之前我還一直在用。」

所以，對於最新式的手機，以及進化得越來越小的 SIM 卡，林深完全不瞭解。

赫諷越來越無力了，「我總覺得和你在一起，時光是不是倒錯了？什麼老舊東西都會跑出來……」

這一驚一乍，又讓他增加了不少熱量。

「真是浪費我的時間。啊啊啊，熱死了，熱死了。」跟怕熱的大型犬一樣，赫諷蹲在地上不停地哀哀叫，就差沒有把舌頭伸出來散熱。

林深其實很想提醒他，這種時候越煩躁會越熱，但是想了想，覺得赫諷肯定聽不進去。放下手中的杯子，他道：「你去一趟山腰，就是上山的那條路，靠左邊小溪的那片樹林。」

「什麼！」赫諷轉頭瞪大眼，「我都快熱成一灘水了，你還叫我去幫你工作？」

林深不慌不忙道：「在那附近，有一片野生西瓜。」

咕嘟，似乎是某人吞口水的聲音。

「這個時候西瓜應該已經熟了。如果運氣好的話，還能從野獸和山鳥的嘴裡，撿到幾顆吃剩的西瓜……」

一句話還沒說完，只看見赫諷一溜煙飛奔出去的背影。顯然在聽見「西瓜」這兩個字的時候，他就蠢蠢欲動了。

「真沒耐心。」

林深像上了年紀的人般啜了口杯中涼水，半晌，慢悠悠地起身回屋。

而此時，赫諷正在向野生西瓜進軍中，一邊飛奔嘴裡還念念有詞。

「這個林深，既然山上有西瓜為什麼不早點跟我說！到現在才提起，嗷嗷嗷，要是已經全部被野生動物給吃完了怎麼辦！啊，你們這些畜生，快放開那顆西瓜！」

他以百米衝刺的速度飛奔下山，完全顧不上會不會一不注意就滾下去。現在他滿頭滿腦的，只有一個念頭。

西瓜，西瓜，吃西瓜！

西瓜藤長什麼樣，西瓜葉長什麼樣，說實話，對於赫颯這樣從小生活在都市，只見過摘下來的西瓜的人來說，那完全是另一個世界的概念。但這絲毫沒有降低他尋找西瓜的熱情，沒見過西瓜葉，沒見過西瓜藤！圓滾滾，綠油油，胖嘟嘟的肥美西瓜可見過吧！

赫颯覺得自己就直接在地上找，總能翻出一顆西瓜！

衝進樹林，他連頭都來不及抬，只顧著在地上尋找疑似西瓜的渾圓物體。

「西瓜，西瓜，西……有了！」

前面有一顆藏在草葉間的圓圓的球體，那肯定就是了。他興奮地跑過去，抱住那顆大西瓜就要抬起來。

「哎呦！」

嗯？怎麼抬不動？

「哎哎，別抬了，痛死我了。」

呼痛聲似乎是手裡的球體發出來的，赫颯抱著西瓜，而西瓜在抱怨他太用力？

「西、西瓜說話了?!」

赫颯張口結舌，舌頭都抽筋了。

「什麼西瓜?你看清楚點。」

手裡的球體又出聲了，樹林裡光線暗淡，之前沒有看仔細，赫颯這次低頭仔仔細細地端詳了一番。

一低頭，正好與一雙泛白的眼珠對個正著。

手中，這顆被他倒著捧在手裡的人頭，對赫颯露出一個慘兮兮的笑容，幽幽道：「看清楚了嗎？我可不是什麼西瓜哦。」

那人頭咧嘴一笑，露出一口慘白的牙齒。一對漆黑的眼珠，反射著樹林裡微弱的暮光。

「我、我——啊啊啊啊啊，見鬼了！」

在發出久違的哀號聲後，赫颯白眼一翻向後一倒，直挺挺地躺在地上，動也不動。

「喂，喂，不是吧？開個玩笑而已！」

原本被他拿在手裡的人頭大驚失色，連忙抬了起來。等到它整個從草葉間露出來，這才發現，這哪是什麼人頭？明明就是一個年輕男人，只不過是躺在西瓜間睡覺，大半個身體被草葉遮住，只留下一顆腦袋在外面，還正好被少根筋的赫颯當作西瓜要拔下來。

「醒醒，喂，快醒醒。」

男人蹲在赫颯身邊，拿著一片大葉子拚命幫他搧風。

「我只是開個玩笑，誰叫你把我的腦袋當成西瓜拔，痛死我了。喂，沒事吧？小兄弟？」

天色不知何時已經全部暗了下來，月亮爬上了東邊的夜空。

看到這片小小的野生西瓜田裡發生的一幕烏龍，它偷偷捂嘴，躲到一片雲彩後放肆地大笑起來。而躺在地上的赫颯，還要好一陣子才能從驚嚇中回過神。

摘西瓜摘到一顆會說話的人頭，這份驚嚇實在是讓他差點魂飛魄散。

當林深挑好井水，左等右等，等得都快不耐煩時，赫颯才終於乘著月色回來。

「你怎麼這麼……」原本準備說的話到嘴邊又吞了下去，林深看向跟在赫颯身後進院的男人，皺眉，「他是誰？」

赫颯空手進了院子，而在他身後，跟著一個兩手都提著西瓜，走得氣喘吁吁的年輕男人。

「這傢伙？」赫颯回頭看看道，「我從西瓜田裡撿回來的。」

「隨便就撿陌生人回來？」林深似乎有些不悅。

「什麼陌生人？」

赫颯指了指地上，後面跟著的那年輕人就乖乖地把西瓜小心翼翼地放下來，見狀，他才滿意道：「河蜆姑娘知道嗎？這傢伙就是我在西瓜田裡撿到的西瓜姑……你就當作撿回一個臨時工好了，什麼粗重工作全都叫他幹！保證盡心盡力，任勞任怨。」

林深無視赫颯的瘋言瘋語，轉頭盯著那個陌生男人。

似乎也發現這兩個人之中誰才是真正的當家，感覺到林深不是這麼好蒙混的人，年輕人笑了笑，道：「你好，實在是抱歉。之前因為我不謹慎的行為讓赫先生受了些驚嚇，所以我特地來賠罪。如果有需要幫忙的事，請隨意吩咐我就好了。」

「我就說吧，吩咐，盡量吩咐！這麼聽話的臨時工，不用白不用。」

林深嘆氣，他實在不知道是該指責赫颯太容易相信人，還是該說這個陌生男人也太沒戒心。這麼隨便就跟著一個陌生人走，或者輕易就讓一個陌生人進自己的家，這是一般人會做的事情嗎？

無論是赫颯，還是眼前這個男人，似乎都有點少根筋。

「赫颯，我是不是該提醒你一件事。」林深道，「在這個時間，這個地點，偷偷跑上這座山的人，你認為他會是來做什麼？」

「嗯，呃，咦?!」赫颯半天才反應過來，隨即，手顫抖地指著那年輕人。「我知道了！原來如此，怎麼沒有早一點想到呢？他一定是——」

林深鬆了口氣，還好不至於太笨。

「——一定是來偷西瓜！所以才偷偷跑上山！」赫颯一口氣說完，瞪著眼前的年輕人，「好啊，還不從實招來！是什麼時候開始預謀的，已經偷了幾顆西瓜？坦白從寬，抗拒從嚴！」

「……」

「……」

年輕人和林深對看一眼，此時此刻，這兩個互不相識的人，竟然奇異地感覺到了一種共鳴——對於某個腦袋裡只塞著西瓜的傢伙感到滿滿的無力與挫敗。

「怎麼了？」赫颯左看右看，突然覺得氣氛有點不對勁，「我說錯什麼了？難道他不是來偷西瓜？啊！林深，你從哪裡打來的井水！」

眼睛突然瞄到地上的一桶冰涼井水，赫颯大喜：「是給我冰鎮西瓜用的？是吧，是吧！你這傢伙，真是想得太周到了！」

赫颯樂得猛拍林深的後背，啪啪啪，力氣大得讓原本就鬱悶的林深快內傷吐血。

林深被他拍得一個踉蹌，看著此時滿腦子除了西瓜別的什麼都塞不進去的赫颯，默然無語。而赫颯雙眼放光，看樣子是恨不得現在就大快朵頤一番。

「哈哈哈，哈哈……」

一陣開懷的大笑聲，將兩人的視線吸引了過去。

赫颯和林深側頭看，只見那個年輕人正捂著肚子，彎腰笑得厲害。

「抱歉，實在是沒忍住。哈哈——咳，咳咳咳！」笑得太猛，這位都岔氣了，好不容易喘過氣來後，他擦著眼角笑出的淚水。

「好久沒見到像兩位這樣有趣的人，一時失態，十分抱歉。」

年輕人站直身體，嘴角還殘留著一絲未盡的笑意。他的眼睛彎成了月牙，看著面前的兩名守林人。

「多有打擾了，還沒有來得及自我介紹。」年輕人伸出手，彬彬有禮道，「我叫夏世離，是一名昆蟲愛好者，現在正在各地旅遊中，做一些喜歡的研究。」

夜風中，夏世離的聲音隨之傳遠。

「順便補充，個人最喜歡的昆蟲是蟬。」

像是為了應和他的這句話，周圍樹林裡的蟬鳴瞬間都響亮起來，一聲勝過一聲，宛如吹奏的笛音。

這個男人靜靜笑著，隨著蟬鳴低和。

知了，知了。

你可知了？

那些只綻放一夏，就隨風而逝的小小生命。

第四十六章　夏之蟬（二）

「葫蘆！」

「四支K！哈哈，手裡沒大牌了吧？」

「確實沒有大牌。」男人淺淺一笑，「只剩下一些小牌了，三四五六七，同花順。」一連扔出五張，他向對座的人抱歉道，「不好意思，又是我贏。」

赫颯丟下牌，臉色有些不太好看。

當然不是因為輸贏，這種遊戲，認真計較的人才是傻瓜。讓他在意的是運氣，運氣！眼前這個傢伙的運氣未免也太好了，大老二打了幾十局下來，不論自己拿到的牌有多好，都贏不過對方的爛牌。

「收一收，準備吃飯了。」一開始被拉進來湊數的林深這時發話了。

赫颯雖然鬱悶，但是很快就找到了能把自己的鬱悶一掃而空的方法。

「你。」他指著廚房，對夏世離招了招手，「我們這裡的規矩是輪流下廚，昨天的晚飯是我負責的，那今天的午飯就交給你了。」

「嗯，好啊。」

完全沒有意識到自己可能是被人拐了，夏世離站起身，去廚房前還體貼地詢問：「午飯，你們喜歡西式還是中式的？」

還分西式中式？這傢伙該不會其實廚藝很好吧？

赫颯想了想，道：「其實我吃什麼都無所謂，但是我老闆，你懂的。他的嘴巴比較刁，為了試試你的廚藝，就西式中式各來一份吧。」

夏世離毫無異議，收好桌上的牌就去了廚房。

直到他走後，林深才看著赫颯，淡淡出聲道：「我怎麼不知道，我們什麼時候是輪流下廚的？」

「剛剛定下的規矩，不過鑒於你是雇主，可以免除在外。」赫颯連忙討好。

「你什麼時候連我喜歡吃中西式的料理都調查得這麼清楚？」

「那必須的，對於上司，要做到無微不至地觀察，細心入微地照顧，關注你的喜好是身為員工的義務，不用太感動。」

見赫颯舌燦蓮花，說得天花亂墜，林深終於忍不住說出問題的重點：「你這樣一直欺負他，真把別人當軟柿子捏？」

「有嗎？」赫颯眨著眼睛，一臉無辜。

林深看著他，不說話，對於眼前人故意裝出的無知表示深深地鄙視。

「好吧，我承認是有一點，但是只有一點點。我是在耍他沒錯，不過那也只是一開始的時候。」赫颯老實交代，「自從他說要在這裡暫住一段時間後，我就只是純粹想瞭解一下這個新室友而已。」

「每天叫他打掃、整理院子，澆水施肥，把自己該做的工作丟給他，就是你所謂的瞭解方式？」

「哈哈哈。」赫颯乾笑，「物盡其用嘛，難得有這麼一個願意聽話又能幹的住客，難道你不滿意？」

自那天傍晚在野西瓜田裡以奇特的方式相遇後，這幾天夏世離一直以要繼續在山上研究為理由，暫居木屋。不過幾天下來，比起做相關的昆蟲研究，他做得更多的反倒是幫赫颯打下手。

對於赫颯來說，等於是一下子減輕工作量，輕鬆了許多。但是林深，這個木屋原本的主人，他又是怎麼想的呢？

此時聽到赫颯的這個問題，林深直接回答：「不。」

「什麼？」

「不滿意。」林深道，「你來的第一天我就說過，這裡除了員工和員工家屬外不會留宿其他人。前幾次的意外情況就算了，可他這樣一個有手有腳、能自力更生的男人賴在這，你以為我會開心？」

林深是很注重個人空間的人，對於別人冒犯他的領域十分敏感。

赫颯這就想不通了。

「既然你不喜歡，為什麼當時沒有拒絕？」

他可不認為，林深是那種體貼到會照顧一個陌生人心情的人，如果想拒絕那早就該拒絕了才是。

「沒有拒絕，當然是有別的理由。」林深皺了皺眉，似乎有些不耐，「因為他……」

「午飯好了！」

廚房裡傳來的一聲吆喝，打斷了林深接下來的話。只見夏世離端著兩個盤子從廚房裡走了出來，一手一個放到桌上。赫颯看到內容物後，有些傻眼。

「這……這就是你說的中西式午餐？」他抬頭看向夏世離。

「是啊。」夏世離笑得眼睛都瞇成一條縫，熱情地說，「試吃看看？這還是我第一次做出的成品。」

只見桌上兩個盤子裡，一盤是裝得滿滿的炒飯，另一盤是幾塊簡單的三明治，用的還是赫颯上次下山買的麵包，裡面只是夾了個煎蛋，就算大功告成了。

看著這番傑作，再看著眼前笑得歡快，好像在等待他們表揚的夏世離。

赫颯仰天長嘆一聲，用力拍了拍他的肩膀：「是我錯了，我的錯。」

夏世離不解地看著他。

「聽好了，小夏，從此以後輪流下廚的這個規定作廢。」赫颯鄭重道，「以後你享受和林大老闆一樣的待遇，只要坐等吃飯就可以，千萬、千萬不要去廚房！明白了沒？」

在赫颯熱切的注視下，夏世離總算是表示理解這個新規則，只是似乎還對廚房有些戀戀不捨。

這邊的兩人還在為下廚的事情糾結，那邊林深已經開動了，基本上只要是能下肚的食物，他都可以面不改色地吞下去。

「既然不能掌廚，那夏世離，我安排一些別的工作給你。」林深說著，以理所當然的語氣道，「就當作是你住在這裡的打工換宿好了。」

赫颯猛地回頭看他，一臉不可思議。剛才一本正經地指責自己隨便指使別人的是誰，是眼前這個雙重標準的傢伙吧！是吧，是的吧！

對於赫颯那噬人的鄙視視線，林深免疫力很好地無視了。

「嗯，那別的事指的是？」夏世離完全沒有注意到那兩人之間的暗潮洶湧，很是聽話地詢問道。

「我下午有些事要離開，巡林的工作只有赫颯一個人負責，你就陪他一起。」

「巡林？那我要做些什麼？」

「沒什麼，只是在附近巡邏一圈，順便巡視一下有沒有形跡可疑的人。」

「哪種算是形跡可疑？很危險嗎？」

「不，只是巡視是否有人闖進非對外開放區。」林深面不改色地說，「基本上那種非法闖入者，不會對我們的生命造成威脅。很安全，你可以放心。」

是啊，是啊，頂多是拿他們自己的命在開玩笑而已。

赫颯在心裡補充了一句。真的是一點危險都沒有哦！因為會有生命危險的，都是那些自殺者自己嘛！

對於赫颯心裡的吐槽絲毫不知，夏世離愉快地接下了這份「簡單」的工作。

當吃完午飯，夏世離主動去廚房清洗餐具時，赫颯抓住這個時機將林深拖到一邊，終於將心裡忍了好久的話問了出來。

「你讓我帶他去巡林?!」他低吼道，「開玩笑吧，怎麼能讓一個外人做這種事，你有沒有考慮過他的承受能力？」

畢竟，在一座隨時會發現死相可怖的屍體的森林裡巡邏，可不是隨便一個人都能接受的。

「考慮過了。」林深點點頭，「這個外人，可是第一次見面就把你嚇暈的角色，我很放心。」

赫颯面紅耳赤，惱羞成怒。

「那根本是兩回事！」

「最起碼可以看出夏世離比你更有天賦，更能勝任巡林的任務——在膽量這一點上。」

弱點被人緊緊抓住，赫颯欲哭無淚，也無力反駁。

林深看他的樣子，也不忍心繼續欺負下去，便道：「不過，讓你和他巡林也是有原因的。」

「什麼原因？」

「和你在一起，他會比較放鬆戒備。」林深看了看廚房道，「那個時候才有機會知道——」

「知道？」

「知道他來這座森林的目的，究竟是什麼。」林深說完，拍了拍赫颯的肩膀，「所以這個任務就交給你了，好好完成。」

赫颯感受著肩膀上的力度，突然有了某種神聖的使命感。這似乎是他第一次被林深這麼認真地拜託做一件事，感覺……感覺好像還挺不錯？

他抬眼看向廚房，目光炯炯有神。

夏世離，放心，我一定會好好帶著你巡林。

絕對不辱使命！

當夏世離收拾好餐具從廚房出來的時候，只看到赫颯一個人坐在沙發上。

「哎，林深呢？」

「他先下山去了。」赫颯站起來，走向他，「一會我們就要去巡林，準備好了嗎？」

「還要做什麼特殊準備嗎？」

「哦。」赫颯連忙道，「不是你做準備，而是我做準備。」

夏世離不解，疑惑地看著他。

只見赫颯露出一個燦爛的笑容。

「第一次帶別人一起巡林，責任重大，我當然要好好準備一下，才能不負重任啊。」

知——知——知了。

樹上的蟬一聲聲地鳴叫，在酷熱的夏天，更加增添了人們心中的煩躁感。

從枝繁葉茂的樹下經過，聽著那些隱藏在樹枝綠葉間看不見的歌者的歌聲，赫颯搖搖手中的芭蕉扇，卻一點都不覺得涼。

「這些知了，老是叫叫叫，到底是在叫什麼？」他有些遷怒地道。

「蟬嗎？」夏世離從他身後跟了上來，「準確地說，蟬並不是通過『叫』來發出聲音，而是用它們腹部兩側的膜振動空氣，發出聲音。說起來，這種發聲結構較類似人類用的吉他等樂器，不過蟬的鳴肌每秒能振動上萬次，人類卻遠遠做不到這點。」

夏世離感嘆道：「與大自然相比，人類自身的能力實在是太渺小，連一隻小小的昆蟲都比不過。」

「話也不能這麼說。」赫颯從地上撿起一根樹枝，「人類的肉體力量不值一提，但是人類會運用工具。而運用的工具力量越大，人類所獲得的力量也越大。」

「因為會使用工具，所以人類就高於一般生命嗎？」夏世離喃喃道，「可是再有能力，也不過是一根會思考的蘆葦，隨時會被意外奪去生命。」

「強大又格外脆弱的人類，是多麼自相矛盾，但是這種矛盾卻也能產生一種缺憾之美。正因為不是全知全能，有缺陷的人類才能一直進化，不斷改善自己。所以……」

說了半天，意識到自己有越扯越遠的嫌疑，夏世離歉意地笑笑：「抱歉，我又扯遠了，這是個壞毛病。」

「又？」赫颯疑問。

「和別人說話的時候，我總是下意識地把話題導向我關注的方向，對一般人來說，這些話題大概很枯燥無聊、又沒有意義吧。」夏世離說。

「那倒也沒有。」赫颯搖搖頭，「只是我實在沒想到，你竟然這麼敏感。一般來說，像你這種理組的人，不是都很理性嗎？」

「理性？」夏世離問，「你指的哪一種？」

「就是看待事情條理分明，做事很有規畫，完全不會感行用事。說得不好聽點，大概就是以理智來衡量一切事物的價值，不被感情干擾。」赫颯說，「正好我有一位……朋友，就是這樣的人。」

「這麼說其實也沒什麼錯。」夏世離苦笑，「事實上，就在不久之前，我還是你說的這樣。」

「現在不是？」

「……現在，大概是看明白了吧。」夏世離摩挲了一下手心，赫颯這才注意到他手裡握著一支手機。

事實上，這幾天總是能看到夏世離隨身攜帶手機，時不時拿出來翻看，卻沒有見他打過一通電話。

「之前我女友也這麼說過我，所以現在和我賭氣，不願意見我。」夏世離看了下手中的手機，嘆了口氣，「已經十天了，她一通電話都沒打來，也不傳簡訊。」

「你有女朋友？」

「嗯，大學畢業前交的，到現在也有好幾年了，本來準備今年就結婚，誰知道……」

見夏世離笑笑不再說話，赫颯小心翼翼地試探：「她很生氣，不理你了？你們吵架了？」

夏世離點了點頭。

「你不會是因為這個原因才到各地旅遊，順便散散心吧？」

「也有吧，我似乎是有點想逃避，很害怕她對我說出分手這兩個字。」

「所以你就直接躲到山林深處？」赫颯不可思議道，「既然這樣，為什麼不直接去找她和好？把話說清楚不就好了？」

「哪有那麼簡單……赫颯，你是不是從來沒有談過戀愛？」夏世離突然發問，「不，不該說是戀愛。你是不是從來都沒有主動去追求一個人？」

赫颯剛想否認，可是仔細一想卻啞然。從小到大，似乎都是他身邊的人在追逐他，而他總是被動地接受。

夏世離看他的表情就明白了，上前拍一拍赫颯的肩膀，道：「所以你不懂，這種害怕被拒絕的心情。正是因為深愛，所以更加恐懼。」

愛一個人的話，難道不是應該明明白白說出來讓對方知道嗎？怎麼還想這麼多有的沒的？

赫颯承認，自己似乎真的一點都不理解這種愛情觀。

夏世離看他困惑，笑了，指著樹上的蟬道：「就好比這蟬鳴，你知道為什麼它們會費力地發出這樣的響聲嗎？」

「嗯……求偶之類的？」

夏世離點了點頭。

「蟬從土中出世後，就會開始尋找自己的另一半。不過不同的是，雄蟬能夠發出這樣清脆幽遠的聲音，但是雌蟬卻是啞巴，只能聽，卻發不出任何鳴響。」他看著頭頂茂密的枝葉，淡淡道，「所以這種時候，雄蟬只有費盡心力，撕心裂肺地奏鳴自己求愛的樂曲，從早到晚、晝夜不停，才能等待到屬於它們的愛情。」

「但還是有很多雄蟬，在等到雌蟬前就因為各種原因死去，而即使等到了，雌蟬也不一定就會接受它，它只能繼續等待下去。所以你就知道，要尋找一份兩相廝守的愛情有多困難，而一旦擁有了它，人們卻往往因為害怕失去，而變得更加膽怯。」

「和蟬的愛情一樣，人類之間的真摯的愛也往往難以尋覓。」夏世離微微一笑，「我卻因為犯了一個錯誤，而差點失去它，是有多愚蠢啊。」

「那個……這，我想只要誠心懇求的話，對方總會原諒你的……吧。」赫颯斟酌著說。

夏世離卻搖搖頭，不再說話。

「那你每天看手機，是在等她聯絡你嗎？」赫颯試探著問道。

夏世離點了點頭，又搖了搖頭。

他臉上帶著一抹奇異的表情，像是嘲笑，又像是……那是某種赫颯目前難以分辨的情緒。

「與其是說在等她聯絡我，不如說是在等我自己。等到哪一天，我會下定決心回去找她。」他輕聲道，「不過，還不是現在。」

樹上的蟬鳴又一陣一陣地喧嘩起來，然而奇跡般地，赫颯這一次卻沒有覺得吵鬧。

像是夏世離說的那樣，如果這是雄蟬們為了追求愛情，發出的一生僅有一次的求愛歌謠，那麼此時這種鳴音聽起來，便也格外有種悲劇式的淒美。

成蟬的生命只有一夏，所以它們的相遇相守，也只有那短短一瞬。

匆匆相遇，又匆匆離別。短暫，而倉促的愛情。

與被感染得發出感慨的赫颯不同，夏世離卻像是融入這一片蟬鳴聲中，與之化為一體。

那一聲聲知了，知了，是它們追逐愛情的呼喊。

你可知了，可知了，我就在此等待。

赫颯看著那個靜靜站在林中閉眼深思的男人，心裡不禁生出一些揣測。

這個突然出現在山上，神祕的，憂鬱的，又格外敏感的男人，他和他的愛人之間究竟有著怎樣的故事？他的愛，是如蟬那樣沉默卻生死守候，還是如火一般炙熱卻短暫燃燒。

赫颯心想，大概是前者吧。因為夏世離說起蟬時那憐憫又憾恨的表情，簡直就像在講述他自己一樣。

「時間不早了。」

夏世離突然睜開眼看向赫颯，露齒一笑。

「我們不是該去巡林嗎？」

「啊，嗯嗯。」

赫颯一愣，連忙回神，接著又想起這次巡林真正的使命——讓夏世離對自己放鬆戒備，從而打探出他來山上的真正目的。

這是原本的計畫，然而此時此刻，赫颯竟有些不忍心。對這樣一個敏感而又真摯的人，用他對自己的信任去欺騙他，真的好嗎？

就在他猶豫的這麼一瞬，夏世離已經走在前方，一邊問道：「是走這邊沒錯吧？尋找可疑人士……赫颯，你們說的可疑人士究竟包括哪些？」

聽見他突然這麼問，正在發呆的赫颯想也不想地實話實說：「當然是形跡可疑，鬼鬼祟祟，看起來有輕生跡象的人……啊！」

他剛意識到自己說漏了嘴，就看見前面的夏世離點了點頭，步伐堅定地走向某個灌木叢，然後又探出頭來。

「我問一件事。」

「嗯。」

「比起有輕生跡象的活人，已經自殺成功的死者……還算是可疑人士嗎？」

「那當然……什麼！」赫颯一驚，「你在開玩笑？」

「玩笑？」夏世離笑了笑，從灌木叢裡走了出來，手中還拖著一條長長的繩子，繩子拖啊拖，好像那頭還繫著什麼重物。

呲啦一聲，一隻青紫色的腳突然從灌木叢裡冒出來，直勾勾地伸到赫颯眼前。

「以此證明，我不是在開玩笑。」夏世離一本正經道，「那這種，究竟算不算你們說的可疑人士？赫颯，喂，醒醒？」

赫颯此時真的感覺快要暈過去了。為什麼！為什麼他遇到的一個兩個都是這種奇葩，遇到死屍不僅面不改色，竟然還能這樣隨意把玩，難道他們就不怕對死者如此不敬會引來鬼神嗎？

林深就算了，他是職業的，但是夏世離……赫颯看著站在自己眼前，還正笑咪咪的某人。這個傢伙只是一個昆蟲愛好者？他真的沒有別的特殊癖好？比如虐屍什麼的。

「我這算是完成了巡林任務嗎？」夏世離很是敬業地問。

赫颯忍住心底的所有感嘆，上前查看那個被倒拖出來的不幸自殺者。

「算了，我也該習慣了……」

「嗯？」

「呃，我的意思是，你完成任務了，而且完成得很出色！」赫颯大力拍著他的肩膀，「回去後一定讓老闆表揚你。」

心裡卻暗暗道，回去一定要和林深好好查清夏世離的底細。像夏世離這樣神經強韌，卻又多愁善感的男人，實在是世間少有、不，是除了更加奇葩的林深外，世間第二少有的奇男子。

此時正在回山路上的林深突然打起噴嚏，還是一連三下。打完，他揉了揉鼻子，納悶道：「誰在想我？」

回應他的，只有漫山的蟬鳴，像低語，像輕笑。

知了，知了。

你可知了，想你的人，在何方。

第四十七章　夏之蟬（三）

「嗯，是的，之後繼續聯繫。」

「行行，不會忘的。」

「辛苦了啊，喝口水再走吧，不了？」

「哦，那回頭見啊！」

在小樹林外等得有些不耐煩的小劉探頭探腦地向裡面看，卻只聽見院子裡傳來的隻言片語。

這本來只是一次再尋常不過的任務，守林人將發現的死者通報給他們，然後他們過來交接並做好記錄。在以往，這種又要上山又要下山的任務，是警局裡所有員警們都不情願接的苦差事。尤其是，做這件工作還要和那個林深打交道，願意來的人就更少了。

今天也正巧，鎮上出了些事，還在局裡的人就剩他和中隊長，才不得不上山交接來了。可誰知道，中隊長一進門就待了這麼久，好久也不見他出來。

小劉看了看手錶，怎麼也有大半個小時了吧，有什麼事能聊這麼久？再說以前不都是見個面點個頭，不到一分鐘就出來了嗎？

今天摸了這麼久，究竟是怎麼回事？

小劉正納悶著，只見中隊長推門而出，跟在他身後的還有一個沒見過的年輕人。

那個年輕人看起來很好相處，面帶笑容，還殷勤地問：「真的不用我幫忙嗎？」

「不用不用。」中隊長連連搖手，「我們來來回回走慣了的路，沒什麼。等裡面那位死者的身分一確認，我就打電話通知你們。」

「太麻煩你們了。」

「沒沒，這本來就是我們的分內工作。行了，小兄弟你別送了，我們回頭見啊。」

看著中隊長有說有笑地和人家道別，在路邊等候的小劉好奇地迎上來。

「隊長，那位是？」

他一邊說著，還不忘瞄一眼人家。只見那面善的年輕人站在門口，和他們揮手告別，下意識地，小劉也抬起手回應了一下。

「我也不知道，也許是林深新雇的員工吧。嘿，想不到，這小子客套多了，剛才在裡面還請我吃了井水冰鎮的西瓜，那滋味，嘖嘖。」

「隊長……你在裡面那麼久，結果都在吃西瓜啊？」

「啊？哈哈，那啥，盛情難卻嘛，我也就吃了半顆。」

「半顆……」

感受到小劉身上散發的怨氣，中隊長連忙轉移話題：「不過話說回來，這山上也是越來越熱鬧了。」

「怎麼說？」

「以前只有林深一個人住的時候，這屋子搞得跟鬼屋似的，現在倒是有人氣多了，也不那麼令人毛骨悚然了。」中隊長感嘆道，「要是一直可以這麼正常，大伙上山的時候也不會老是那麼推三阻四的。」

「那林深他？」

「唉，那小子說起來也是個苦命人，但是可憐之人必有可恨之處。你不知道，他當年……」

喀嚓。

兩人正閒聊著，耳邊突然響起踩倒枯草的一聲響，讓他們都嚇了一跳。

小劉回頭一看，只見路邊草叢不知什麼時候竄出一個人來。

一個年輕男人站在路邊，正輕抬著一雙深褐的眸子看著他們，神情難測。樹林裡陰森森的，看著這個突然冒出來的人影，小劉當場就僵住了。還是中隊長有經驗，愣了一下後，客氣地笑著打招呼。

「哦，林深啊，剛下山回來?」

林深不說話，輕輕掃了他們幾眼，對著中隊長微一頷首算作回應，便撥開草叢向木屋走去。

留下兩個背後說閒話被當場逮到的員警，還驚魂未定。

「這個林深……」

「噓噓，別說了，別說了。」中隊長連忙制止，「山上神神鬼鬼的多，不要在這裡亂說，被聽去就糟了。唉，晦氣，趕快下山吧。」

兩個員警不再多言，邁著比來時快得多的步伐下山去了。

林深走到一邊的高坡上，此時回頭看了一眼，見到兩個人見鬼一般逃離的身影，嘴角掀起一個嘲諷的弧度，接著，頭也不回地離開。

這次下山又上山，一路上除了必要的詢問，大半天都沒有開口說半句話。這讓林深習慣了沉默，幾乎都快要以為自己其實是個啞巴了。

然而，一踏進庭院，那聒噪的聲音就傳來了。

「剛才那麼大半顆西瓜……就這麼沒了。」

「呵呵。」

「西瓜，我的西瓜……」

某人哀怨的聲音傳進耳裡，林深走近一看，見赫諷正坐在小院裡，表情悲憤，而夏世離則是站在他旁邊細心地開導。

「人家上個山不容易，而且遠來是客。」

「那是他們在執行公務，是本分。」赫颯抱怨著，「本來西瓜就沒剩幾顆了，你沒見那中隊長一點都不客氣，大半顆都吃下肚了還意猶未盡。」

「赫颯，這你還不明白？半顆西瓜換人家一個心甘情願，究竟是誰占便宜？」夏世離道，「我看你們的工作，也經常要和他們打交道。你也不笨，為什麼就不花點心思打好彼此之間的關係？這樣對誰都方便。」

「因為……」

「我讓他不要那麼做。」

林深走了進來，看著夏世離道：「沒必要做這些逢迎的事去討好厭惡你的人。」

「逢迎？」夏世離搖搖頭，「你竟然這麼認為？人與人之間的交往本來就需要互相謙讓，這哪算是什麼逢迎？」

林深別開頭，似乎是不想繼續和他討論這個話題。

赫颯見狀，連忙出來打圓場。

「好了，就不討論這個話題了。對了，林深，今天第一次巡林夏世離就幫上了大忙，跟警犬一樣，一下子就找到了一具自殺者屍體。」

「不是警犬，是昆蟲。」夏世離糾正，「因為看到那邊聚集了大批食腐性的昆蟲，我覺得有異樣才過去看了一眼。」

「嗯嗯，理解，都是專業技能嘛！昆蟲，警犬，沒什麼區別。」

夏世離無奈，也不再去糾正他。

赫颯笑嘻嘻問林深道：「今天你到山下去，到現在才回來，有什麼收穫？」

林深說：「沒有。」

「啊？」

「所以明天還要再下山一次。」林深看著他，「你和我一起。」

「那山上怎麼辦？」

「既然夏世離足夠勝任，那麼把巡林的工作交給他也沒問題。」

見林深向自己看來，夏世離配合地點點頭：「沒問題，可以在你們不在的時候幫上忙，對我來說也是件值得慶幸的事，樂意之至。」

林深點點頭：「那就這樣，明天我和赫諷下山，天黑之前回來，在這之前就拜託你了。」

說完，他不等另外兩個人回應，丟下這獨裁一樣的命令，就直接進屋了。

「喂，林深！喂！」赫諷喊他沒有反應，只能回身對夏世離歉意地笑笑，「抱歉，他好像心情有些不好，說話都有點衝，你不要介意。」

夏世離微微一笑，「每個人都有心情不好的時候，而在那個時候，除了自己看得順眼的人，看其他人都很礙眼，這我理解。」

「嗯嗯，咦?你說的他看得順眼的人，是指誰?」赫諷一愣。

夏世離盯著他笑，不說話，但是意思卻很明顯。

赫諷寒毛直豎，「不要開這麼可怕的玩笑!」

「呵呵。」

「你這傢伙，老是呵呵笑……有時真的挺欠扁啊。」

屋內，燈火下，林深看向屋外，見到那兩個人勾肩搭背，感情很好地笑罵的模樣。眉間不由得皺出一個深深的川字。尤其看向夏世離時，他的目光似乎帶著一抹別樣的意味。和這昏暗的燈火一樣，叫人無法看清。

第二天一早，赫諷和林深收拾著東西準備下山。

「今天巡視的範圍是西山，你可以隨身帶一些東西，為了以防萬一，最好帶一把防身的武器在身邊。」

夏世離奇怪道：「不是說不會有危險？有必要嗎？」

林深淡淡道：「既然你都已經知道，也不用繼續隱瞞你了。我們巡林的目的，主要是為了及時發現和制止有自殺意圖的人，但是有時候那些人不僅會對自己的生命產生威脅，對我們也一樣。意圖放棄自己生命的傢伙，對別人的性命也不會有多大的尊重。」

夏世離認真聽著，點點頭，「我會注意的。」

赫諷跟著林深下山，走了老遠，還能看到夏世離站在一個山頭，對著他們揮手送別。這個偶然相逢的男子，似乎總是懷著一腔熱誠來對待他人。

赫諷心裡有些不是滋味，他看著走在前方的林深，問：「我們這次下山究竟是去做什麼？」

「什麼也不做。」

「啊——?!」

林深道：「沒有工作的話，你就不願和我一起下山了？」

「也不是這麼一回事……但是，沒事我們跑下山去幹嘛？你不是一向不喜歡去山下？」

「有嗎？」林深道，「是山下的人不喜歡看見我，但我又沒有義務去顧及他們的心情。」

還真是林深風格的我行我素。赫諷無奈，既然林深不願意說，他也只能乖乖地跟在後面。沒辦法，誰讓林深是他的雇主呢？

走到山道的轉彎口時，林深抬起頭，似乎是無意間回望了木屋一眼。只是輕輕地一瞥，隨即就像無事人一樣扭過頭，繼續下山。

迎著風，站在山口的夏世離突然輕笑。

「真是個敏感的人。既然這樣，我也只能……」

山風吹得更狂，將他的額髮撥亂，也吹去了他的下半句話。那一句的低語，隨風飄到山林裡，被這漫山的蟬給偷聽了去。蟬兒們一聲高一聲低地鳴叫，像是在回應他。

「噓——」夏世離溫柔道，「這是祕密，不要被別人聽到了。」

蟬聽見他的話，溫順地予以回應。

知了。

守著祕密的男人。

「你好，請給我一杯咖啡，對了，再來一杯水，謝謝。」

從服務臺點餐回來，赫颯拿著號碼牌選了個靠窗的位置坐下。

這間咖啡館臨街而建，可以看見街上偶爾來往的人影。赫颯和林深約好各自去辦事，再在這裡會面。

他撐著頭，正望著窗外發呆，突然聽到有人喊自己。

「不好意思，能不能打擾一下？」

赫颯回頭看去，見是幾個年輕的女孩，其中一個正壯著膽怯怯地和自己搭話。

「我想請問一下，這鎮上還有哪裡有旅館嗎？那個……」像是擔心自己被懷疑是來搭訕的，女孩連忙要解釋，「車站附近的都已經……」

「附近的車站旅館已經客滿了，是嗎？」赫颯微笑，替她解釋完，「這個時候去綠湖和山上踏青的人比較多，如果妳們沒有提前預定，恐怕就沒有空房間了。」

「嗯嗯，是的。」女孩如獲大赦，連忙道，「我們在這附近找了好久，都沒有找到多的空房，只能先到這裡來吃飯。那個，打擾你了真是不好意思！」

「下次出來旅遊的話，最好提前做好準備工作。」赫颯溫柔提醒道，「現在比較正規的旅店應該都客滿了，不過一些民宿還是有不少空房，如果妳們喜歡的話，鎮外也有不少休閒農莊提供住宿。」

「啊，原來如此！」女孩恍然大悟，「謝謝你的提醒，真是麻煩你了。」

「沒關係，我剛來這裡的時候，也總是給別人添麻煩，能夠幫到妳們是我的榮幸，女士們。」

女孩們羞怯地笑著，對著赫颯連連道謝，便坐回原來的桌位去了。赫颯裝作若無其事的樣子轉過頭去看風景，其實耳朵卻豎得尖尖的，聽著那邊的對話。

「哇……剛才那個人好有風度！好厲害。」

「我也是，第一次遇見這樣的男生耶。」

「長得也很不錯，肯定已經有女朋友了吧。」

女孩子興奮的竊竊私語不斷傳進耳朵裡，赫颯聽見了，輕輕一笑。

他不是想透過異性的愛慕來肯定自己，只是偶爾，這種小小的稱讚也會讓他的虛榮心滿足一下。赫颯認為這些可愛的異性們，只要耐心地溫柔對待，她們就會回以真心的認可。

如此真誠可愛的生命，哪是那些粗魯的男人比得上的？

心情稍微好轉了一點點，赫颯端起咖啡，快意地抿了一口。

「這種有著排泄物顏色、過期中藥味的飲料，究竟是哪裡好喝？」

「噗——！」

剛喝進嘴裡的咖啡一口全噴了出來，赫颯氣急敗壞地看著眼前人，形象全無。

「林深！你什麼時候能不說這些噁心話來氣我？」

林深拉開椅子在他面前坐下，「我只是發表一下感想。」

「你那完全是謬論！」

「哦，那你敢說咖啡這種東西不是排泄物？」

「哼，怎麼可能是！這再怎麼樣也是植物飲料，你這個……」赫颯剛想反駁，想到了什麼，突然閉上嘴。

「我雖然知道得不多，不過以前也聽人說過。」林深道，「似乎有一種咖啡是靠動物排泄加工出來，那人喝的不就是動物的排泄物飲料？」

「……」赫颯完全不想反駁，因為他想到了山上那多得到處可見的天然化肥，頓時看著杯中的液體就有些反胃。

一旦遇到林深，真的是讓他什麼理智風度全都不見了！赫颯想著，狠狠瞪了對座的人一眼。

而林深則是剛剛端起他面前的杯子，看見裡面是清水後小小訝異了一下。

「專門為我點的水？」

「哼。」

見赫颯扭頭看窗外，故意不理自己，林深心裡有數，莫名覺得愉悅起來。

「謝謝。」

「不指望你感恩，嗯？什麼？」

赫颯嚴重懷疑自己是不是幻聽了，回頭時卻看到在林深嘴角一閃而逝的一分笑意。

那和以往的笑容不同，是真正打從心底露出的愉悅。赫颯還沒來得及揉眼睛，林深的嘴角已經又滑了下來。

「你剛剛是不是笑、笑……」

「擦一擦。」林深抽出一張紙巾堵在他嘴上，「剛才噴出來的咖啡還掛在臉上，很好看？」

赫颯立刻紅了臉，自己竟然連這個都忘記了。與此同時，他聽見隔壁桌的女孩發出一陣輕笑聲，更覺得顏面大失。他抬頭，眼睛瞪大，狠狠地看著林深，都是這個傢伙惹的好事！

林深被他瞪著，卻一點卻不在意，慢悠悠地幫赫颯擦完嘴後，收起紙巾，開始問正事。

「找到了嗎？」

「呃，找……」赫颯對他如此霸道地轉移話題非常不滿，但也只能吞回肚子裡，「沒有，在車站附近的旅館入住記錄都看過了，也問過附近的一些商鋪，沒有入住登記。對於最近來的年輕男人，他們也都說來的人太多，沒有印象。」

林深晃動著杯中的液體，默默地聽著。赫颯見他不作聲，便問：「你呢？警局那邊是什麼情況？」

「我請他們幫忙搜尋了一下同名的人。」林深慢悠悠道，「全國搜索出來名叫夏世離的男性，一共只有三人。」

「嗯，哪三人？」

「一名九旬老人。」

「……」

「一個剛剛出生三個月的嬰兒。」

「還有呢？」

「還有一個二十多歲的年輕男子……」

「那就是這個了！」赫颯激動道。

林深抬眼白了他一眼：「你能不能聽我說完再做結論？」

赫颯乖乖坐下，林深繼續道：「這個二十多歲的年輕男子，已婚，育有一女，但不幸的是，他已於一週前去世。」

赫颯搓了搓寒毛，雖然外面陽光燦爛，此時卻覺得身上竄起一股寒意。

他小心翼翼道：「那既然都不是，現在山上的那個夏世離，究竟是誰？」

「這一點，你只能去問他本人。」

沒有入住記錄，沒有戶籍，突然出現在他們眼前，名叫夏世離的男子，究竟是何方神聖？會不會其實從一開始，就沒有這麼一個人。伴隨著炎炎夏日而來的，是那些總讓人從心底發涼的詭異故事。

就比如，這個不存在的夏世離？

蟲鳴響起，聒噪又喧鬧，連綿不絕，一聲聲地，從山下一直延續到山頂。

樹下，一個年輕男人躺著，帽子蓋住他的上半臉，只留下巴露在外面。他像是睡著了，並夢到了什麼好夢，嘴角輕輕掀起，露出一個溫暖的笑意。

如果有人能夠窺視到他的夢境，大概也可以分得他的一份幸福吧。但即便無法窺探，從他露出的表情也可以感受到那份溫暖。

那是一個久遠的夏夜，女孩和男孩並肩而行，兩人自然而然地靠近，自然而然地，雙手輕輕牽在一起。

男孩沒有說話，只是靜靜聽著女孩一個人聒噪地不斷說笑，看著她快樂的背影，心裡也覺得溫熱起來。

「喂，你說。」女孩突然轉身看著他，讓男孩心頭一跳，「我們是不是很好很好的朋友？」

他連連點頭，像是迫不及待地想證明自己的真心。

女孩笑了，帶著一絲狡黠，卻又帶著一絲緊張問道：「那你……是不是只想和我當朋友，就足夠了？」

曖昧的那一層薄紙突然被戳破，男孩猝不及防，下意識地脫口而出。

「如果和妳當不成朋友！我會後悔一輩子！」剛一說完，他立即就意識到自己的語病，「不，不，我不是想和妳當朋友……不對，我是不想和妳只當朋友。總、總之……我很想和妳當各種朋友……」

越解釋越亂，男孩感覺到自己的臉已經快要熟透，紅得可以滴血。就在他無地自容時，女孩突然爆發出一陣狂笑。

他抬頭茫然地看著她，卻見她笑得眼淚都流出來了。

第一次，他看見她如此燦爛的笑容。

笑了大半天，女孩終於抬頭看向他，輕輕呼喚著他的名字，道：「……我喜歡你，我們交往吧。」

那一刻，世界上最無與倫比的幸福降落到他身上。那是從未體會過的，足以將心臟撐爆的狂喜。

夏夜，一對年輕人青澀的愛戀，在蟬鳴的見證下拉開帷幕。

那曖昧，羞澀，衝動，緊張的戀情，即使在很久以後想來，臉紅當初的天真之餘，心底淡淡的一份溫暖總是同時升起。

掩藏在夏夜之中，輕輕相牽的那一雙手。永遠不願鬆開的，彼此的手。

風吹動草帽，躺在山坡上睡得正熟的男人似乎還陷在夢境中，在那屬於過去，已經無法掀開的夢中，沉淪。

赫颯和林深交換完彼此的情報，起身時，天色已近傍晚。

選在這家車站附近的咖啡館碰頭，就是看中這裡的客人大多是遊客，沒有人會對林深投來異樣的目光。但是赫颯錯算了一點，正因為這裡的客人大多來自城市，所以對於他和林深才會有更多關注。

畢竟比起樸實的鄉鎮，城市的年輕人更喜歡關注人的外表，尤其是兩個年輕帥氣的男人聚在一起，格外吸引女孩們的視線。

赫颯離開時，又感覺到了鄰桌女孩的視線，只是這一次，那些視線卻讓他覺得如芒在背。

「他們要走了哎。」

「好可惜……」

「但是好配哦，妳們不覺得嗎？尤其是剛才那個彆扭受氣噗噗的時候，小攻好淡定啊。」

赫颯決定告訴自己，他什麼都沒有聽見，什麼都沒聽見！就算聽見了，也什麼都聽不懂，真的是一點都不懂！所以他絕對也不會因此生氣。

頂多是有點憤憤不平而已。

「可惡，憑啥我就是……」

話剛到嘴邊，赫颯看到站在門口的林深，將那個未吐出來的字悄悄吞了回去。

「回去了。」林深示意他跟上來，不要拖時間。

赫颯剛走上前兩步，只聽見後面的女孩又是一陣興奮。

「好乖，好聽話！好萌！」

「……」

赫颯實在很想仰天長嘯，現在這些年輕女孩究竟都是怎麼了？為什麼一個個都讓他不寒而慄？

「現在才回去嗎？」跟在後面，赫颯悶悶不樂地問道，「今天下山，等於是什麼情報都沒問到，有什麼意義？再說，讓他一個人待在山上安全嗎？」

「就是要讓他一個人獨處。」林深回道。

「啥，什麼？」

「讓他一個人待著，我才有機會弄清楚一件事。」

「……什麼事？」赫颯有不好的預感。

「我想知道，在獨處的時候他究竟會不會自殺。」

「自、自什麼？」

林深平靜地說：「自殺，是的，你沒聽錯，我懷疑夏世離不僅是昆蟲愛好者，還有可能是自殺愛好者。」

赫颯完全沒空理會他的冷幽默，愣住，大腦內只有一個念頭。

林深這傢伙，將一個可能有自殺傾向的人丟在山上，只為了看看他會不會自殺?!

這是人幹的事嗎！是嗎？是嗎？是嗎？

赫颯二話不說，邁步就跑了起來。

「夏世離！你可別給我想不開啊！」

他對著無人的山林大吼著，直接往山上跑去。

那個總是淡淡微笑、對誰都很溫柔的男人，他真的會自殺嗎？

林深看著他跑遠，自己一個人在山路上慢條斯理地走著，像是一點都不在意。

突然，他腳下踩到了什麼，抬腳一看。

那是一隻縮起身子，已經死去的蟬。

第四十八章　夏之蟬（四）

那是一隻已經死去的蟬。身體成弓形，微微蜷縮著。

這個失去生命的歌唱家已經喪失了最後鳴叫的力氣，瞪大眼無神地看著世界，像是想要在最後記住些什麼。而那美麗輕薄的蟬翼，也再無法舒展，變作一件祭衣，輕輕搭在背上。

一雙手輕托起這隻死去的蟬，卻引來身邊女孩的一聲驚叫。

「不要，好可怕。」

他轉過頭，看著驚叫的小女孩。

「為什麼要害怕它呢？」

看起來只有四五歲的小女孩怯怯道：「因為它是蟲蟲，很醜，蟲蟲都又醜又可怕。」

「是嗎？但是妳看它的翅膀。」男人將蟬的雙翅展示給她看，「看，它在太陽下是彩色的，而且還反射著漂亮的光，難道這雙翅膀不好看嗎？」

小女孩猶疑著，仔細打量著蟬翼。那輕薄而又美麗的造型，很快就吸引住了她。

「是很漂亮，好漂亮，像水晶一樣！」

「是啊。」他溫柔地笑，「所以蟲子雖然大多醜陋，但是它們身上也有美麗的部分。就像是暖暖，妳很可愛，但是暖暖拉出來的便便是不是也臭臭的呢？難道就因為這樣，暖暖就不可愛了嗎？」

「噗——你一大早的在跟孩子說什麼呢？」

「媽媽——！」小女孩歡快地撲進來人的懷裡。

年輕女子輕輕抱起女孩，點了點她的鼻尖道：「暖暖，別聽他的話，聽了要被汙染耳朵的。」

他無可奈何，看著那一大一小兩個，道：「我只是舉個例。」

「用大便舉例？也只有你能想得出來。」

被女人瞪了一眼，他無奈，不過還是沒有放棄，對小女孩解釋道：「妳看，暖暖，即使是再醜的蟲子，身上都有美麗的部分，而再好看的人，也會有不好看的一面。所以，我們不能輕易以外表來評價一件事物，懂嗎？」

小女孩似懂非懂，看著他手裡的蟬，點了點頭。

「那爸爸，蟬為什麼會死呢？它有那麼好看的翅膀，死了就不能飛了，多可惜啊。」

是啊，為什麼美麗的事物總是輕易消逝，不能長久？

他淡淡笑了笑，道：「那大概是因為，老天不允許這樣的美麗太長久吧。」

人類太不懂得珍惜，太長久，他們就不會去珍視那份美。

小女孩懵懂地點點頭，以她的年齡還無法理解男人現在說的話。她能記住的，只有現在緊握著自己的這兩隻手，一左一右，男人和女人緊緊牽住她。

而當男人回首與自己心上的女子對望時，迎上一對巧笑倩兮的明眸。那一望，如同駛進港灣的遊輪看見了屬於自己的燈塔。

溫暖，又明亮的光芒。

「夏……夏……夏世離！」

遠遠地，卻似乎有來自別處的聲音要將他從這個港灣帶走，離開這個溫暖的世界。

他抗拒地皺起眉頭，然而那個呼喚的聲音越來越響，逼近耳邊。

「夏世離！夏世……離……夏——呼！」

赫諷急喘幾口氣，他跑了半天上山的路，此時已經精疲力盡了，還要扯著喉嚨喊人，沒喊幾聲他就覺得有些缺氧。

「夏……靠，這個傢伙究竟躲到哪裡去了？」

庭院內一片幽靜，屋內看不見火光，門也關得死緊。就算是巡林，這個時間也該早就回來了才對，為什麼還是不見人影？

赫颯心裡漸漸有了不好的猜測，難道真的如林深所說，夏世離他是……

「找我有事？」

啪，一隻手用力地在彎腰喘氣的赫颯肩上拍了一下，驚得赫颯猛然抬頭。一回頭，就看見一張慘白的臉在極近處盯著自己，還張開血盆大口，露出一口大白牙。

見赫颯久久沒有反應，夏世離覺得奇怪。

「當機了？」他伸出手揮了揮，「喂，回神，回神！魂還在嗎？有人在嗎？」

「你這……」

「嗯？」

赫颯的聲音太小，夏世離沒有聽清，便湊近去聽。

「你個粗線條！一次兩次都這樣，你究竟是故意還是故意啊？」赫颯對著他耳朵大吼，「該慶幸我沒有心臟病，不然早晚有一天找你償命！」

夏世離被震得後退兩步，連連揉耳朵。他看著氣急敗壞的赫颯，哈哈大笑，赫颯更加怒火中燒，衝上去卡住他的脖子就是一頓胖揍。

林深跟在後面回到住處的時候，看到的就是赫颯與夏世離兩人摟在一起卿卿我我，一副哥倆好的模樣。

他走進院子，踩響腳下的一根枯枝，那兩人齊齊停下來盯著他。

「打得不錯，運動健身，繼續玩吧。」

頭也不回地路過這倆人，林深走向屋門。

赫颯連忙整理好衣服，「我可不是在玩鬧啊，是在詢問他工作上的事情。」

「喔。」

「真的，我騙你幹嘛？不就是你剛才在山下跟我說，夏世離可能會有『工作方面的困擾』，所以我才特地關心他的情況。」

「哦。」

「林深……你啞巴了？能不能換別的詞？」

「能。」

赫颯無語，被林深突如其來的怪脾氣整得沒轍，這傢伙是怎麼了，突然心情就變得不好了。

倒是夏世離像是看出了點什麼，在一邊笑意盈盈地望著這兩人。他本來沒打算說話，可是看見林深手裡的某樣東西，輕輕呼喊了一聲。

「林深，你手上的那是？」

林深聽見他的問題，轉過身，看見夏世離有些焦急的表情。

他突然咧嘴，笑了笑。

「你問這個？」伸長右手攤開，讓夏世離好好地看清楚，林深盯著他的眼睛，一字一句道，「這是路上撿到的一隻死蟬。」

那隻已經失去生命的弱小生物正無力地躺在林深掌心，一向明亮的翅膀也失去了色彩，暗淡無光。

夏世離的瞳孔，瞬間縮了縮。

林深沒有錯過這個細節，緊追不捨地問：「你很在意？一隻死去的蟬？」

夏世離抬頭，迎著他咄咄逼人的目光，半晌，才露出一個笑容。

「沒有，只是它讓我想起了一些事。」臉色似乎有些蒼白，夏世離道，「讓我想起了一些似乎該是很開心的事，但是卻又怎麼都想不清楚，是為什麼呢？」

他一個人陷入困惑，天色已暗，站在樹蔭下，整個人彷彿要隨之陷進陰影。

「夏……」赫颯擔心地想要呼喚他。

「我想起來了！」夏世離突然回神，對正望著自己的兩人展露燦爛的笑容，「我記得，好像就在不久以前，我也曾經對我女兒說過類似的話。」

他一邊說，像是想起了溫馨的記憶，臉上帶著愉快的笑意。

「我當時對她說了很多，但是她媽媽卻說我在帶壞小孩。其實她也懂我，她知道我只是想告訴暖暖一些事而已，她明白的……」

「女兒？」赫颯微微提高聲音，「等等！你和誰的女兒，你什麼時候生了女兒？不對，你是怎麼生女兒的？」

「當然不是我，是她媽媽生的。」夏世離奇怪地看著他，「男人怎麼可能生小孩？你還正常嗎，赫颯？」

「不是我不正常，等一下，你和你女友未婚先孕？不，未婚先產子？」

「當然不是。」

「那你是和別的女人生的？還是領養？」

「我只愛她一個，怎麼可能有別的女人！暖暖是我的孩子！」夏世離似乎有些生氣。

赫颯困惑了，「你既不是和女友未婚先孕，又沒有其他女人，這個孩子究竟是哪來的？」

夏世離像嘆氣一般笑道：「赫颯，這有什麼問題嗎？我愛她，我和她有孩子，這兩者沒有矛盾吧？」他憐憫般地看著赫颯，「也許是天氣太熱了，我去切片西瓜給你消消暑，等等喔。」

看著夏世離進屋的背影，赫颯覺得自己才是最無力的那個。

「我只想問一個問題。」赫颯看著門口，麻木道，「既然沒有和女友未婚生子，又沒有搞大其他女人的肚子，他哪來的親生女兒？從石頭裡蹦出來的？自體受孕？」

林深道：「這你得去問他本人。」

「絕對不要！」赫颯欲哭無淚，「你沒看見他剛才反駁我那理直氣壯的樣子嗎？再去問他，我怕會顯得自己更像個白痴。」

「很簡單。」林深道，「二選一，不是你白痴，就是夏世離邏輯混亂。不過在此之前，我得提醒你另外一件事。」

「什麼？」

「他剛才說他有孩子，以前他有跟你說過這件事嗎？」

「沒有啊。」赫颯回答。

「那很好，接下來你要擔心的只有一件事了。也許明天，他又會突然跑過來跟你說，他有個兒子，叫赫颯。」

「……這個笑話一點都不好笑。」

林深轉頭，嚴肅地看著他。

「你哪隻耳朵聽到我在說笑話，我是認真的。」

赫颯很想反駁說，兩隻耳朵都聽到了，但是看著林深那格外認真的表情，他忍不住開始懷疑自己。

難道夏世離真的會那麼做？難道其實今天最不正常的人是自己？

想像一下，明天，夏世離跑過來跟他說：兒子，讓把拔親一個。

把拔，親一個。

親一個。

「……」

林深揮了揮手，站在突然僵住的赫颯身旁。

「喂，赫颯，醒醒？我剛才開玩笑的。」

赫颯已然魂飛魄散。

人之所以有別於其他動物，是因為擁有豐富的情感，並且善於思考。這種活躍的思維，讓人類成為最善於利用工具、製造工具的物種，但與此同時，也帶來了許多麻煩。

情感太豐富，思維太活躍，有時候可能會帶來一些負面影響。比如——精神方面的疾病。與物質的豐富相伴隨的，是人類精神的空乏和虛弱，光是現代醫學所公認的精神疾病就有……

赫颯用手機搜索了半天的資料，漸漸確定了心中的一個想法。

夏世離和他，一定有一個是精神病患，要不然就是這個世界瘋了！

經過這陣子的相處，赫颯更加察覺出夏世離的不正常。不，就日常生活方面，夏世離很正常，甚至比閉關獨居已久的林深更像一個正常人，但是涉及到某些方面，就不得不讓人懷疑他的精神狀況了。

他有時候會和赫颯提起他的妻女，一家三口一起遊玩時的一些記憶，這讓人以為他是已婚。但是另一些時候，夏世離卻表現得像一個剛剛大學畢業的年輕人。

「我準備下半年和她訂婚，但是不知道她的家人會不會同意。」夏世離有些憂鬱地和赫颯商量著。

「你們不是小孩都有了嗎？怎麼現在才訂婚？」

夏世離瞪大眼睛，惱羞成怒地看著赫颯，「怎麼可能？我和燕燕都還沒有、沒有那個……怎麼可能會有小孩！」

這是赫諷第一次看到他臉紅，也知道了原來夏世離的女友名叫燕燕。

「你們交往多久了？」

「三年吧。」

「沒有牽手以上的行為？」

夏世離惱怒地看著他，「當然有，我們都是成年人了，也會有需要。實在忍不住的時候，我們也會……」

「嗯嗯，也會什麼？」赫諷搬了張小凳子坐得更近了些，豎起耳朵聽。

「也會……親個嘴。」夏世離的聲音壓到最小，似乎是恥於與別人聊起這麼私密的話題。

「咳咳！就親嘴！」赫諷差點被自己的口水嗆到。

「當然不止……舌吻，法式的那種，也是有的。」夏世離正經道，「在結婚前，我們都不會有更進一步的行為，這不是保守。我想在真正成為她的丈夫之後，再一起體會夫妻生活的美好。」

「……那你們的小孩是哪來的？」赫諷不懂了。

「小孩！哪來的小孩？」夏世離又瞪著他，「你不要玷汙我和燕燕純潔的感情。」

「好吧，我玷汙，我汙穢……」

赫諷已經無語了，他實在很想拉著夏世離的耳朵吼，昨天是誰說自己有個女兒，名字都取了叫暖暖啊！

這是早上發生的事，到了晚上，又變成了另外一副模樣。

「赫諷，可以幫我一個忙嗎？」

「嗯，說吧。」

「你說小女生會喜歡怎樣的禮物？下次去看她的時候，我想帶點暖暖喜歡的東西給她。」

「……」赫颯拿著拖把就走。

「你幹嘛無視我？」夏世離緊追不放。

「因為我實在不想和你爭辯了，會讓我自己神經錯亂。」

「我有和你爭辯什麼嗎？」夏某人無辜道。

「好，那我就只問你一句話，這個叫暖暖的小女孩究竟是你的誰？」

「你這不是在開玩笑嗎？」夏世離好笑地看著他，「當然是我和燕燕的女兒。」

「你不是沒和你家燕燕同房嗎，哪來的女兒？撿回來的？」

夏世離臉紅了。

「不，是親生的。」

「沒同房，你倒是告訴我你們是怎麼生女兒的啊！啊，兩個人牽牽手，孩子就從肚子裡蹦出來了？」

當赫颯反駁這樣現實的問題的時候，夏世離總是一副無法理解的模樣看著他，好像赫颯問的問題根本就不是問題。

這讓赫颯覺得，自己才更像是一個白痴。於是，幾次之後，赫颯學會了和夏世離相處的新方法。

早上，正常地和他打招呼，這個時候的夏世離完全記不起來自己有個女兒。你要是跟他這麼說，他就跳腳給你看！

晚上，要聽夏世離發牢騷，幫他尋找能夠討好小女孩的方法。

中午則是看情況，有時候他記得，有時候他根本不記得。但是無論如何，夏世離始終記得的一個名字，是燕燕。這個女子，是他心中最愛的女人。

這種完全脫節的生活方式，赫颯都不知道他是怎麼適應過來的。上午過得像一個初戀的年輕人，晚上就開啟了奶爸模式，而中間的差異和邏輯不通，夏世離會完全忽略。

這麼說吧，他的一切記憶和日常生活能力都正常，但是關於燕燕的一些記憶，會出現一些模糊。女兒暖暖只是其中一個而已，還有更多的事情，不過全都圍繞著燕燕這個名字。

「這究竟是怎樣的一種病啊。」

赫颯被夏世離的精神分裂折磨得實在受不了的時候，就會找林深抱怨。

「有時候我都會懷疑我是不是在和一個人類說話。」赫颯趴在桌上，此時夏世離去巡林了。這幾天，兩個守林人完全心安理得地將自己的巡林工作交給夏世離去做。

林深道：「那你認為他是什麼？」

「遊魂野鬼，山精野怪，什麼都好，反正就不是人。正常人能像他這麼分裂嗎？」赫颯道，「不是查出有一個叫夏世離的年輕人前幾週去世了嗎，晚上我就偷摸去夏世離的房間，看看他究竟是不是活人，還是個野鬼變的！」

林深眉梢一揚。

「這你不需要去做，我可以肯定，他是個活人。」

「那為什麼名字……」

「夏世離，這就一定是真名嗎？」林深側眼看他，「對於一個不熟悉的人，你有什麼理由保證他在初見你的時候，就一定會報上真名？」

「啊，哈哈，也是啊。」赫颯被他看得莫名有壓力，坐直身體，輕咳一聲道，「那你認為，他這是什麼情況？」

「幻想症的一種。」

「幻想症？」

「有可能他說的女友燕燕和女兒暖暖都是根本不存在這世上的人。若真是如此，夏世離就是一個活在幻想中的人。你和我，在他的眼中也完全是另一副模樣。」

「什、什麼模樣？」赫颯心驚膽戰。

「這就只有他自己知道了。每個幻想症患者腦中都有一個臆想的世界，恐怕在他們看來，現實世界才最不真實，又虛偽。」林深總結道，「至少目前來看他還沒有自殺傾向，等找到他的家人，聯絡上之後就讓他離開。」

「幻想……」赫颯低頭想著，難道這幾天夏世離跟他說的那個愛笑的溫柔女孩燕燕，以及他們青澀又美好的愛情，都只是一場揮之即散的雨霧。輕輕一吹，就要從夢境中清醒。而夏世離為此流露的幸福與痛苦悲傷，也全都是不真實的？

一切都是因為，夏世離是一個有幻想症的精神病患者？

「晚上好。」

就在赫颯陷入困惑時，有人推門進來。

夏世離帶著一身塵土回來，精神奕奕，看上去實在是不像精神異常的人。

「晚上好，辛苦了，今天有發現什麼嗎？」赫颯問。

「嗯……今天在森林腹地，遇見一個露營的人。」

「咦！露營，這個時候？」

夏世離笑笑，「因為只有他一個人，我就過去和他聊了聊。」

「然後呢？」

「然後，他就下山了，還需要別的什麼嗎？」

「不，不，我只是想，在這個時候上山獨自露營的人，會不會是……」

「會不會是自殺者？」夏世離接過他的話，「如果是的話，我強制他離開就有用嗎？你敢確保他在下山後，不會找其他地方繼續自殺？」

「這個……」赫諷求救地看向林深。

「所以我只是坐在帳篷外，和他像朋友一樣聊了一下天。」夏世離道，「我不確定我這麼做能不能對他的決定產生一些影響，但是我知道，他需要的是一個願意聽他傾訴，而不是一個把他當作異類看待的人。至於最後的結果，我們不是神，無法左右，不是嗎？」

夏世離說完，微笑道：「那我先去煮晚飯，你們稍等一下。」

看著他走遠的背影，赫諷好一會才回過神來。

「他真的有幻想症嗎？我為什麼覺得這傢伙比我們都想得更深？」

林深見怪不怪，「因為天才和瘋子，只有一步之遙。」

「那他是天才了？」

「不，他只是可憐一個同病相憐的人。」

赫諷默然，兩人都沒有繼續這個話題的意思，而這一靜默下來，赫諷突然覺得周圍格外安靜。

以往總是喧鬧的蟲鳴聲不知在何時全都消失了，只留下一些細微的聲音，在草叢裡發出微弱的鳴響。然而那些屬於夏夜的奏鳴曲，已經悄悄停歇下來了。

不知在什麼時候，周圍已經開始能感覺到一絲涼意。

「夏末了。」林深開口，「已經聽不見蟬鳴。」

那總是在耳邊迴盪，無時無刻不陪伴在身邊的清脆蟲鳴，究竟是何時消失的？

夏之蟬，已悄然離去。

「砰——！」廚房的門突然被推開，夏世離匆匆忙忙地衝了出來。

「怎麼了？」

「燕燕剛才聯絡我了！」夏世離轉身看著他，驚喜道，「她說她過來找我了，要我去接她！」

「現在這個時間？」赫諷訝異，此時都七點多了，而鎮上最晚的長途客運是六點的末班車，這時候怎麼還會有人來？

「抱歉，我現在得去接她，不然她會生氣的。」

夏世離急忙地就要衝出去。

「等等！你有沒有問清楚她在哪等你？她一個人來的嗎？喂，夏世離！」

來不及了，夏世離已經一頭衝進夜色，跑得不見蹤影。

赫諷徒勞地站在原地，院外，沒有蟲鳴的樹林顯得格外安靜，讓人感到莫名寂寞。

林深從地上撿起一樣東西，是夏世離總是拿在手中摸索的那支手機，剛才匆忙間掉落在地。

林深撿起手機，翻看了一會，輕聲道：「赫諷。」

「嗯？」赫諷轉身。

只見林深正打開手機的背板。

燕燕剛才聯絡我，要我去接她！

這支手機，根本就沒有裝電池。

夏世離，他跑去哪了？

去哪了？

蟬鳴已歇，沒有誰再來回答，知了。

都不知了。

第四十九章　夏之蟬（五）

夏末，天氣已經微微帶了些涼意，女人提著行李箱從車站裡出來，隨手撥了一個號碼。

「嗯，嗯，是我，真的是我啊！」

「沒有生氣。」她輕輕一笑，「哪會真的生你的氣呢？好啦，氣消了，這不就回來看你了？」

「還在工作嗎？我已經在車站了。」

「不用了，你別請假，我自己坐計程車去。」

「好的，我坐車，身邊有零錢的，嗯，拜拜。」

女人掛斷手機，看了看路邊，這時候天色已經微暗下來，只有少少幾輛車子經過。她看著手邊的兩個大行李箱，摩拳擦掌一番，一手提一個，有些吃力地將箱子搬到了路邊。纖細嬌小的身子被拖得向前傾，微拱起的背顯示出這對她來說是很吃力的事情。

將行李拖到路邊，又等了好一會，終於來了一輛計程車。在司機的幫助下將行李都放進後車箱，她坐到副駕駛座上。

坐上車後，她又尋思著是不是該再打個電話過去。可是他會不會工作正忙？打了電話反而會讓他擔心吧？

女人輕摸著手機，手機背板上貼著兩人去年照的大頭貼。相片上，一個戴著眼鏡的男人輕摟著她，有些靦腆地笑著。她的手指摩挲過照片上男人的臉頰，想著，還是不要打電話過去吧。

等等直接去他工作的地方，給他一個驚喜好了。

女人有些歡快又期待地抿了抿唇，放下手機。而這時，計程車已經駛出車站前的小路，向著連接大道的轉彎口開去。

轉彎口的路燈壞了，周圍是一小片的昏暗。而在這樣的夜晚，連蟲鳴聲都聽不見分毫。

一片寂靜，計程車向那邊開去。開去，無聲地融入黑暗。

夏世離疾跑著從山上下來，一路上究竟跌了多少跤，他自己都搞不清了。這時候的他十分狼狽，臉上身上都是泥土，還有不少擦傷。不過即便是這樣，他也沒有停下一步，急喘著奔出山口，向著小鎮上趕去。

七八點鐘的時候，小鎮上還有不少人在散步，看見他這麼一副狼狽的模樣，都投來異樣的目光。夏世離絲毫不在意，腦中只想著一件事。

要趕快到車站去，要到車站去！

燕燕在那裡等著自己，趕快過去！

不知哪裡來的強大信念支撐著他，這個從山上一路跌爬滾摸下來的男人，邁著狼狽的腳步，一步一步地奔向車站。然而他此時體力已經耗盡，即使用盡一切力氣，速度也比不過一個緩慢走過的路人。

夏世離卻絲毫沒有注意到，他咬緊牙關，眼睛似乎看著前方，又像是哪裡都沒有看。一定要去，去她那裡！

他心中，只有這一個念頭。一點點地，掙扎著跑向他心中的那個車站。

「找到了！」

在一陣翻找後，赫颯總算在夏世離的行囊中找到了電池。兩人匆匆把電池插上手機，便追出門去了。此時，離夏世離出門還不到十分鐘，夏世離還沒跑到山腳。

「不過我說啊，他這手機破成這樣還能用，真是奇跡。」赫颯翻看著手機，之前一直被夏世離當寶貝一樣整天捧在懷中，他都沒發現，其實這手機不比林深那支好多少。

尤其是邊角，有很多撞擊和摩擦的痕跡，難以想像以夏世離對這手機的寶貝程度，竟然也能把它用成這樣。

「咦？手機背板上好像還有照片。」

赫颯說著，還沒來得及去看，叮咚叮咚，手中的手機沒命似地響了起來，嚇了兩人一跳。

赫颯和林深對視一眼，赫颯按下了綠色的接通按鈕。

幾乎是一接通，手機那端就傳來一個滿含焦慮的沙啞嗓音，包含著十萬分的憂心。

與此同時，圍繞在夏世離身上的層層煙霧，也終於將在他們面前揭開。

一個真正的「夏世離」，姍姍而來，呈現在眼前。

一個在夏天，與世離別的愛情。

夏末，離別，雄蟬在此留下生命中最後的鳴叫，燦爛地死去。然而又有誰知道，那生來便無法發出聲音的雌蟬，即便死亡也是那麼的悄無聲息。

它在暗不見天日的泥土中度過了默默無聞的數個春秋，直到某個夏初，聽見那觸動心靈的蟬鳴。

雌蟬悄悄地從土中鑽出來，帶著一身的土腥味。

沒有蝴蝶絢爛的翅膀，沒有鳥兒美麗的羽毛，甚至也有沒有身為蟬引以為豪的鳴聲。它唯一能做的，就是在這對於一隻小小蟲子來說太過浩瀚的世界裡，尋找一份愛情。

一個不過夏天的愛情。

沒有人知道它曾經來過，因為它不會鳴叫，沒有人知道它已經離開，因為它死得也無聲。然而這個世上，卻會有另一隻永遠記住它的雄蟬。

這拚命地為自己求取幸福的歌唱家，最後也將倒在夏天離開的那個夜晚。然而，與以往不同的是，這一次，它的雌蟬先離開了。

沒有任何聲息地，從這個世上消失了。

就像此時，寂靜得可怕的夜晚。

夏世離奔到車站的時候，周圍的燈光已經全部熄滅。然而他卻絲毫不顧，仍舊奔跑著衝向那片黑暗。

在一支支暗淡的路燈下，在一扇扇緊閉的門扉前，他聲嘶力竭地叫道：「燕！燕燕！妳在哪？」

「我來接妳了，燕燕，跟我回去吧！」

他像個無措的孩子，望著永遠沒有回應的黑暗深處，狼狽無防。

「別再生我的氣了，燕燕，跟我回家，我來接妳了。」

「不要逗我玩，妳知道我會擔心的，我要生氣了，燕燕！」

「燕燕，出來啊。」

他的眼裡流露出焦急與惶恐，張開嘴惶惶地呼喚著。

「燕燕，出來啊，出來啊！」

然而，他心中的那個女子，卻始終沒有從黑暗中跳出來，輕輕捂住他的眼睛告訴他這是一個玩笑，然後兩個人一起牽手回家。

再也不會有人在黑暗的街道上，抬起頭輕輕問他。

「我喜歡你，你可以跟我交往嗎？」

再也沒有人會比她更懂得他的脆弱，也沒有人會比她更懂得他的堅強。

也沒有人，會比她更加知道，他的這份愛有多麼深。

一旦失去了他的雌蟬，對雄蟬來說，便再也有沒有了鳴唱的意義。

夏世離無力地蹲下，抱著頭，看著蒼白的地面。他的雙手微微顫抖著，似乎在忍耐著什麼無法想像的痛苦。比失去自己的性命，還更讓人恐懼的痛苦。

卻在此時，黑暗中淡淡響起了腳步聲。

夏世離驚喜地抬頭望去，見到的卻不是想像中的那道身影，反而更加失望。

來人慢慢走近他。

「我不是你要等的那個人，失望了嗎？」

夏世離沒有回答。

對方又道：「但是你要等的那個人，已經無法再來了，因為她……」

「閉嘴。」

夏世離突然站起身，抬起眸，那眼中沒有了平時的笑意，顯得格外冷漠。

「我不需要你來教訓，赫颯。」

赫颯微微頓了頓，想要再說些什麼，然而夏世離看到他手中握著的手機後，瞳孔緊縮了一瞬，搶在他之前道：「不要過來。」

「夏……」

「請不要再靠近我了，赫颯。」夏世離看著他，「我已經受夠了，那種被人當作精神病人的日子。」

「你……」赫颯猝不及防。夏世離知道自己有病，他知道自己有幻想症？看他此時的言語神態完全正常，既然如此，為什麼遲遲不願意回家接受治療？

「不要那樣看著我，不要那樣看我。」夏世離抬頭，仰望著夜空，「為什麼你們都要說我病了，我有生病嗎？我知道自己是誰，我知道自己在做什麼，我也不想去妨礙任何人。」

「夏世離……」

「我只是想一直和她在一起，這有錯嗎！」夏世離突然爆發地怒吼起來，「只是這麼一個願望，想要尋找一個能和她一同生活的世界。為什麼你們一個個都要用異樣的目光看著我？我是異類，我是怪胎，只因為我在追求一個渴望的世界！」

「那是因為你所謂的渴望的世界，並不是真實的。」

夏世離猛地轉頭，林深從他身後緩緩接近。

「你幻想的那個世界，那個世界裡的人，早已經不在這個世上。」

夏世離緊縮瞳孔。

「不要說……」

「而你愛的那個人，今晚也根本不會出現在這個車站。因為早在一年前……」

「不要說了！我求求你，別說了，不要說了！」夏世離痛苦地抱緊自己，蹲在地上，無力地捂住臉低泣，「不要說了！求你，求你！」

「一年前，從車站回來、坐計程車去找你時，燕燕發生了車禍，當場死亡。」

無視他的痛苦與絕望，林深冷漠地直接道出事實。

「今天是她一周年的忌日，你以為能等來什麼？一個蒼白的亡魂嗎？還是一個妄想的機會？」

「你是不是想過無數次，如果當時不是忙於工作，而是親自來接她，你愛的這個人就不會離開這個世界？」

「後悔日日夜夜地折磨你，失去愛人的痛苦每分每秒地炙烤你。」

「而你呢？只能懦弱地編造出一個幻境，一個她還活著的幻想，卑微地躲進去，逃避這個世上知道真相的所有人。」

夏世離，夏末與世離，不僅是燕燕，還有那個曾經抱著美好理想活在世上的男人。隨著那個惡夢般的夜晚，一同消失在了這個世上。而現在，只有一個香消玉殞的幽魂，還有一個沉溺過去無法忘懷的男人。

夏世離的手指在顫抖，已經無法再遮掩自己的表情，他抬起頭來，用仇恨的目光看著林深。

「為什麼要說出來……」

為什麼要點醒他，為什麼不讓他繼續沉睡在這個夢中，直到某天再也無法忍受寂寞，前往另一個世界去尋找他的愛人。

一年的流浪，一年的穿梭，這個綠湖森林本來是他計畫中的最後一站。然而在今夜，在這最後一站的月臺上，林深揭開了他編造的幻想，留下血淋淋的傷口。

無法癒合的傷口，無法填滿的心。那個已經離開的身影，是世上任何一個人都無法替代的，那遺留在心口的劇痛，也是再長的時間都無法撫慰的。

失去了伴侶的雄蟬，連鳴叫的力氣都不再有。

「哪怕只是幻想，哪怕只是一個夢，讓我一直沉浸在這個夢裡都不可以嗎！」夏世離低嚎，「我只是想擁有一個幸福的夢，為什麼就連這樣卑微的渴求，都不讓我實現。」

「因為死去的人，不會樂意見到你這樣。」

夏世離猛然抬頭。

林深正望著他，「即使心中再後悔，發生的事情也已經發生，失去的無法再挽回，你卻無法睜眼去看清還留下來的事物嗎？」

「哪裡還有留下來的……」夏世離喃喃著。

然而此時，林深卻突然將手機遞到他手中，那是一名女子曾經用過的手機，那是他愛著的女人留在世上的最後一樣東西。

夏世離輕輕地撫摸手機背後的照片，然而觸摸到螢幕時，卻發現這時候的手機竟然是在通話中。

手機聽筒處，隱隱傳來一個小小細細的呼喚。

「爸……爸爸……」

夏世離連忙湊近，在聽到對面那個稚嫩的聲音的時候，淚水都快要掉下來。

「爸爸！爸爸！」

小女孩焦急又期盼的聲音，一聲聲地在他耳邊響起。

「暖暖……」

「爸爸，夏爸爸！」小女孩聽到回應，高興得像連珠炮般停不下來，「夏爸爸！為什麼你都不來看我了？暖暖一直在這裡等你們呢！燕燕媽媽也沒有來，暖暖做錯事了嗎？爸爸媽媽不來看暖暖了嗎？」

「沒有……」夏世離的喉頭有些哽咽，卻無法說出更多的話。

他差點忘記了這個小小的生命，這個無法行走，生來就被親生父母拋棄在育幼院的小女孩。

「爸爸，我跟你說，我今年也有看到蟬哦，暖暖和它們變成朋友了呢！」

「嗯，暖暖乖。」

「但是蟬寶寶前幾天都死掉了，暖暖很傷心，爸爸，暖暖明年還能再見到它們嗎？它們也會像爸爸媽媽一樣，再也不會過來看暖暖了嗎？」

天生親近人的小女孩，將最疼愛她的兩位義工喊成爸爸媽媽。然而這樣一個小小的稱呼，卻一直溫暖著三個人的心。

夏世離想起了那天第一次被這麼稱呼的時候，燕燕紅著臉，卻溫柔地應下。想起以前每次去育幼院當義工時，暖暖清脆地一遍遍呼喊著他們，爸爸媽媽。

「爸爸已經一年沒有來看暖暖了，為什麼，爸爸？」小女孩不解道，「他們都說媽媽去了好遠的地方，去了一個叫天堂的地方，爸爸也要去嗎？不能帶暖暖一起去嗎？」

夏世離握著手機的右手輕輕顫抖。

「暖暖，我，爸爸……不想帶妳一起去。」

「為什麼，但是爸爸媽媽都不在，暖暖很寂寞。」小女孩的聲音帶著哭音，「你們不要我了嗎？我很聽話的，我每天都有好好吃飯，每天都做很痛的復健。爸爸不來看我了嗎？」

「已經見不到媽媽了，也不能再見到爸爸了嗎？我好想你們……我好不容才有了爸爸媽媽，你們又都不來看我了。嗚，一定是暖暖不乖，暖暖錯了，爸爸不要生氣，爸爸來看暖暖好不好。」

小女孩似乎拚命忍著，不想讓自己哭出來，然而她那悶悶的聲音，卻更加讓人心痛。

夏世離只覺得心狠狠抽痛，想再說什麼，手機卻被林深抽了回去。

「你——」

「反正你都不打算再回去了，何必讓她再記得你，再為你傷心？」林深冷漠地掛斷電話，「再過不久她就能明白，被拋棄的孩子始終不會有父母，不會有人把她放在心上，到時候她就會把你忘得乾乾淨淨。」

「我不是……」

「你不是？不是一味沉浸在自己的幻想裡？還是說，你不是根本就打算拋棄她？」林深冷冷看著夏世離，「你不是早就忘記了嗎，這個你和燕燕一起照顧的女孩？不，你忘記得更多，忘了在你走後一個人操持一切的母親，忘記了痛失女兒，卻還要幫你照顧母親的燕燕的雙親。也早就忘記了這個約定，『你們的女兒』。」

林深把手機丟給他。

「在你沉浸在夢裡的時候，你究竟忘記了多少事，『夏世離』？」他轉身，對赫颯道，「走吧。」

「走？去哪？」

「回山上去。」

「咦？那夏……」赫颯一句話還沒說完，就被林深拉著走遠了。

而夏世離緊握著手機蹲在地上，許久，周圍已經全部陷入黑暗，整個世界好像只有他一個人。

啪啦，輕微的響聲，夏世離側頭去看，是一片落葉掉到了地上。

而在那落葉下面，有一隻死去的蟬，它的身體無生命力地蜷縮著，已經無法再振翅。

這是一隻雌蟬，一隻在分娩後死去的雌蟬。而在它身旁，一些小小的幼蟲正掙扎著爬進泥土中，越過它們母親的身體向泥土的最深處鑽去。

它們將在那裡度過數個春秋，無數個不見天日的白日，直到某一夜，一聲蟬鳴終於喚醒它們。

這些蛻變的蟬會從泥土裡再次爬出，來到它們出生時只見過一次的世界，去尋找自己的愛情，一生只有一次的愛情。

如此，一代代的蟬死去，一代代的幼蟲鑽進泥土中。

破土而出，再去放肆自己的生命。

這是屬於夏蟬的，永不過夏的愛。

夏世離起身，望著街道盡頭的燈光，感受著身邊幾乎要蔓延而上的黑暗。

我喜歡你。

今天暖暖叫我媽媽了，哈哈，有點不好意思。

不是我要和你吵，爲什麼你就不懂我呢！

好了，別生氣了。

那個愛笑也不記仇的女子轉過身，在黑夜裡，對他伸出雙手。

我從來都不會生你的氣，永遠都愛你……

似乎是下雨了，鹹澀的雨水沾溼了眼眶，滋味真不好受。夏世離邁動步伐，一步步地走向街道盡頭。

失去了無法替代的重要之人，究竟該怎麼做才不會痛苦？不會痛苦，不想痛苦，還是一直維持著這份記憶……活下去。

第二天，赫颯再次趕去山下的時候，車站早就已經沒有了夏世離的身影。

他就像突然出現時那樣，來得無影，去也無聲。自此，赫颯和林深再也沒有見過這個「夏世離」。

他究竟會去哪？

赫颯問過林深這個問題，然而林深用一個十分耳熟的答案回答了他。

「我們不是神，無法控制所有結果，也不能去勉強一個人。最終如何，要看他自己的選擇。」

是嗎？是吧。

赫颯一下子感到了落寞，沒有人再幫他打雜，院子裡也沒有了那些煩人的蟲鳴。

這種突然的安靜，讓人無法適應。

「明年。」林深道，「到了明年，蟬又會叫了。」

再次破土而出的，那小小的生命。

這是與蟬約在夏日相見的約定。

到明年的夏天，也許山上的守林人會收到一張來自遠處的相片。

相片上，戴著眼鏡的溫文男子抱著一個小女孩靦腆地笑著。背面還有女孩歪歪扭扭的字體……暖暖與爸爸。

——還有在天國的媽媽。

照片上的那個男人，很是熟悉，卻又有些陌生，他似乎多了些什麼，卻也永遠失去了什麼。

蟬鳴聲聲，一聲還復一聲。

知了，知了，知道嗎？

那個出現在夏天，活在幻想中的名叫夏世離的男人。

他將他的幻想和他失去的愛情，永遠埋藏在心中的那個盛夏。

如在夏天離別，離別這人世的蟬。

夏與世離。

第五十章　骨血（一）

收拾著東西，林深手上的速度並不快。其實也沒多少可帶的，但還是拖延了許久，他才將要帶的物品全部裝進背包裡，然後對在屋裡忙碌的人招呼了一聲，推門而出。

這時候天才剛亮，空氣中彌漫著濛濛的白霧。

獨自走在晨霧裡，髮絲上都沾了些水滴，順著髮尖滴落下來，滑到臉頰上。林深伸手抹掉臉上的水珠，背著背包向山下的路走去。

在山頂空曠的地帶，其實可以看到小鎮。而山腳下的小鎮此時還沒有忙碌起來，伴隨著朦朧的天色一起沉睡著。

林深只是瞥了一眼，拉緊了背包肩帶，一腳踏上下山的小路。

白霧逐漸遮去了他的身形，直到兩者融為一體，那道孤獨的背影消失在山道上。

喀嚓——

一鏟子下去，挖出了半截蚯蚓，不過這已經見怪不怪了。

赫颯又挖了幾鏟，將蚯蚓用其他的土掩埋起來，估計過不了幾天，那小玩意又能在土裡爬來爬去的。其實赫颯覺得，比起傳說中有九條命的貓，像蚯蚓這樣被砍成兩截都還能存活的，才是大自然最神奇的造物。

「呼，熱死了。」

忙完了一陣，他抬頭看了看天，這時候太陽已經高高升起，正掛在正中偏東一點的天空上，再過不了多久就是正午。而林深一大早出門，到現在都還沒回來。

如果我中午不回來，就不用等我了。

臨出門前，林大老闆是這麼說的，既然雇主都這麼吩咐了，赫颯也不準備等他。

站起身來，他伸了個懶腰，緩解一下長期彎腰造成的痠痛。

「哎呦嘿。」

手前後甩動了幾圈，赫颯左手敲右肩，正準備回屋煮飯去。

「赫颯哥！」

正此時，庭院外傳來一聲清脆的呼喊，赫颯扭頭看去。

只見一個剛剛高出籬笆的小黑腦袋左搖右晃地接近，直到停在院門口，那腦袋的主人努力踮起腳，向院子內張望了兩圈。沒看到林深，只見赫颯一個人，他便問：「赫哥，今天只有你一個人在家嗎？」

看看是誰來了？赫颯見到那個小傢伙，挑起嘴角。

「韓志小鬼，怎麼，今天又有空來幫忙了？」

「哼，我是來幫林哥的忙，才不是來替你做事的！」韓志噘起嘴巴不屑道。直到現在，他還是和赫颯互看不順眼，一大一小見面就要鬥嘴。

不過經常的情況是，韓志被赫颯戲弄得團團亂轉，而赫颯樂此不疲，完全沒有身為成年人的自覺。

「哦，不是來找我啊？那我回去了。」赫颯說著，就故意要往屋裡走。

「等等，等一下！」韓志見他不理自己，急了，忙道，「我是有事找你，不對，你先跟我說，林哥在不在？」

赫颯扭頭看他：「你有事找我，還問林深幹嘛？」

「唉，你別管，你先說他在不在吧！」韓志一副大人樣地揮了揮手。

赫颯見狀，忍不住笑出來，「他不在，一大早就出去了。好了，你告訴我，找我什麼事？」

「真的不在？會不會突然回來啊？」韓志不放心地問。

「你要是不相信的話我要回屋了，沒空陪你玩。」

「啊啊啊，等一下，我信，我信！先別回去！」韓志連忙喊住他，接著便回過頭對著院外一喊，「沒人，安全，進來吧！」

赫颯正覺得奇怪，就聽見外頭又傳來一陣動靜，接著，一個人推門而入。在看清對方是誰的時候，赫颯驚訝得下巴都要掉下來了，他拿著手裡的鏟子直指對方。

「你怎麼在這！」

來人看著赫颯，微微一笑，「我為什麼不能在這？還是你以為天大地大，真能躲到沒人找得到的地方嗎，瘋子？」

「……」

兩人不再說話，只用眼神交流，但那無聲的電閃雷鳴，也不是常人能體會的。

韓志夾在兩個大人中間，左看右看，終於不耐煩道：「好了，我都幫你帶路了，該付報酬了吧，大叔？」

「嗯嗯，當然。」新進院子的人笑了笑，從衣服裡掏了掏，半晌，掏出一根棒棒糖遞給韓志，「說好的頭期款。」

韓志滿意地接過，還不忘提醒：「之後每天一根，別忘了啊。」

「放心吧，忘不了。」

「這才差不多。好了，你們聊吧，我在外頭幫你們把風，要是林哥回來了就馬上提醒你們啊，注意警戒！」說完，韓志就叼著棒棒糖走了。

赫颯被他弄得哭笑不得，怎麼聽小鬼這麼說，好像他們是在背著林深偷情一樣？他轉頭看向眼前這個不速之客，沒好氣道：「你怎麼也陪一個小鬼玩這種遊戲？」

「遊戲？」對方笑道，「能夠找到你本人，無論是什麼方法都不算遊戲。再說，你要是真的不想被我找到，就不該用手機聯繫我，你不知道那樣會暴露自己的位置嗎？」

赫颯咬牙，「你這是假公濟私，暴露客戶隱私！」

「呵呵，你不說我不說，誰會知道？」不速之客露出一口白牙，但片刻後，看向赫颯的表情就正經了起來，「不過我說真的，瘋子，你在外面躲得也夠久了。」來者——赫颯的幾位死黨之一——于越正色道，「有些事情，不是光躲就能避過去的。」

赫颯的神色也嚴肅起來，「又出事了？」

于越點點頭，「在你走後，那邊鬧得更厲害了，你家裡已經撐不住了。再過一陣子，如果事情鬧得更大，就不能再私下解決了。」

「……」赫颯皺著眉，沒有說話。

「你也知道，只要對方用輿論壓力逼得檢察官不得不提出公訴，我們也都沒辦法了。到時你無論在哪，都還是要回去的。」于越見赫颯不說話，著急了，「這件事你究竟打算怎麼解決？要是真的鬧大了，可不是隨便說說就能解決的事，赫颯！」

赫颯抬頭看向他，目光莫測，「你來這裡找我，不只是為了告訴我這個消息吧？」

于越一愣，接著，他緩慢地點了點頭，「其實我來，是想問你一件事。」

赫颯彷彿早有預料，眼中露出淡淡的疲憊。

「問吧。」

于越緊盯著他，啟唇，一字一句道：「那天，你……究竟有沒有殺人？」

彷彿晴天霹靂炸響在空氣中。

赫颯低下頭，在聽到這個問題的那一刻，無數的想法在他腦中翻滾著，然而，最後他盯著那株長得正好的小番茄苗，停留在腦中的竟然只有一個念頭。

這株由林深澆灌呵護的小苗，在風中輕輕晃動著身子。赫颯看著它，有些疲倦地眨了眨眼，想著。

林深這個時候，在哪呢？

「嗞嗞」的聲音，讓人心頭煩躁。

林深聽著那些樹枝刮蹭在衣服上的聲音，內心堆積了不少煩躁感。他伸出手，撥開眼前擋路的枝條，腳下即將越過半山腰，卻在這一刻停下了腳步。

他抬頭看著山下，此時被樹枝和山石擋著，已經看不到山腳的小鎮，但他卻能夠想像出，現在鎮上一定是一片忙碌景象。每個人都在為自己的生活忙著，充實又滿足。

但是那裡，沒有他的位置，從來都沒有。

身為一個被守林人撿回來的孤兒，林深從小就沒有和鎮民接觸的美好記憶，即使有，也大多是不愉快的回憶。爺爺帶著他下山的時候，多少都會遭到鎮上一些人的異樣注目。

因為綠湖森林的守林人與其他地方不一樣，與死人的接觸是日常工作不可少的一環，因此，鎮民對守林人也多少有了些偏見。懼怕、鄙夷、厭惡、憐憫，複雜的感情混雜在一起，恐怕連他們自己也說不清究竟是什麼感覺了。

但是，絕對不會有好感。

這樣的一座小鎮，對林深來說有什麼意義呢？為什麼還要每天待在山上，為了工作，為了保護山下的居民，而沒日沒夜地巡邏？

他們一點也不領情！

林深煩躁地拍打著身邊的樹葉，想了想，離開下山的小路，撥開一邊的灌木鑽了進去。

今天他不想下山，也誰都不想見，還不如找個安靜的地方待一會。

灌木一旁便是小樹林，而走到林木中間，林深便聽見了潺潺的流水聲。附近的小溪也絲毫不管他的心情，自顧自歡快地暢流著。心情不好的時候，林深連溪水都遷怒起來。他背著背包，想著去溪邊放鬆一下，順便踩個幾腳。

漸漸走到樹林盡頭，前方透出一些光亮，天上的、還有地面上溪水反射的日光。林深加快了步伐，奔到溪邊。

然而心裡著急，腳下一滑，他在衝到溪邊前便重重地摔了出去。這一摔，直接從樹林裡俯衝到溪水邊，滿身的泥土和爛葉。

對這一副狼狽的模樣，林深心裡還來不及抱怨，就聽見旁邊傳來一陣大笑。

「我還以為是哪來的野獸，沒想到衝出一個人來。」

竟然有別人？他詫異地抬頭，望向溪邊。

溪石上，正坐著一個男人。

男人穿著白襯衫，上身愜意地微彎著，長腿盤坐在石頭上，修長的手一隻撐著下巴，微微側頭。此時見林深抬頭看過來，這個陌生人掀起唇，露出一個好看的笑容，揮著另一隻手，道：「好巧，你也是來思考人生真諦的嗎？朋友。」

樹林裡靜得很，可以聽清溪水潺潺流過溪石的聲音，除此之外，就只有頭頂飛鳥偶爾掠過時，翅膀拍打的簌簌聲。

溪邊，一個人坐在石上，另一人蹲在地上，對望良久。

許久，見林深沒有出聲，那陌生人好奇道：「怎麼，難道扭到腳了嗎？」

林深聞言，扭了扭腳站起身來，看著這個先他一步占據溪邊的陌生人，皺了皺眉。

「看來你不喜歡說話。」對方微笑，「不過看樣子也沒有受傷，太好了。」

原本準備放鬆一下的地點被另一人占了，林深當然是二話不說就準備轉身走人。

「不打算再坐一會嗎？」那男人卻喊住了他，「你急著去哪？還是說，你現在有地方可去嗎？」

有地方可去嗎？

這句話一瞬間叫住了林深，他回頭，有些凶狠地看向那人。

對方不介意地笑笑，「不是我好奇，只是看你的表情，倒真像個無家可歸的可憐人。」

「不是可憐人。」林深終於說了第一句話。

「好吧，那就是一個尋找不到自身歸所的孤獨人。」男人抿唇，看向林深，「難得遇到一個同伴，不坐下來陪我聊一聊嗎？」他拍了拍手邊的溪石，感受著上面被陽光晒暖的溫度。

「反正你現在也沒地方可去，不是嗎？」

林深的腳幾次動了動，最後，還是移動腳步，回身，走到男人正對面，坐下。

「聊什麼？」

對方似乎很高興，咧嘴露出一個燦爛的笑容，眼睛瞇成細線，化作一輪彎月。

「當然是——」他說，「聊很多很多事情。不過在此之前，我們還是先互相介紹一下自己吧。」

這個人笑起來的時候，右臉頰有一個酒窩。林深剛注意到這點，就聽見對面傳來一個歡快的聲音。

「我叫赫野，赫赫有名的赫，野草的野。」

野草，隨處可見，絲毫不起眼的雜草。

而這樣隨便的名字，竟然配上了赫這樣的姓。赫野在這樣介紹自己的時候，語氣裡似乎也帶著一分調侃，不，與其說是調侃，不如說是嘲諷。

對誰的嘲諷呢？是他自己，還是別處的什麼人。

當于越問那個問題的時候，赫諷沒有去想答案，而是反問：「如果我說沒有，你信嗎？」

「當然信了！」于越連忙回道，「只要是你說的，我們都絕對不會懷疑你，赫諷。」

赫諷聞言，眼睛連眨都沒眨。

「那如果我說有，你信嗎？」

「你……」于越愣住了，氣急敗壞道，「這哪是開玩笑的時候，你正經點好不好！」

「我很正經地在問你。」赫諷道，「如果無論我說什麼你們都相信的話，那麼不管我告訴你們的是不是事實，你們都會認可。既然如此，你還來問我幹嘛？你想知道的不是真相，只是我的一個回答。」

于越反駁：「最起碼你告訴我之後，我才知道要怎麼幫助你啊！」

「那你想聽怎樣的答案？」赫諷反問，「是想聽到我告訴你，說我沒有殺人，然後你就可以心安理得地幫我隱瞞線索，幫我捏造事實，最後告訴自己，一切都是對的，因為我本來就不是凶手。你們關注的根本不是我究竟有沒有殺人，而是可以給自己一個理所當然的藉口。至於真相……」

他笑了笑，笑聲中卻有幾分嘲諷，「除了死者的家屬，還有誰關心？」

于越不管了。

「赫諷，你別跟我扯這些有的沒的！是，我就是想要個定心丸又怎樣！但是我也相信你根本就不是一時衝動就奪人性命的人，跟我說句不是你做的，很難嗎！很難嗎？只要你一句話，我們都會相信你！」

于越接連逼問了幾遍，然而赫諷始終緊緊閉著嘴。于越的心漸漸慌了。

半晌，赫諷終於開口了，說出來的卻是于越最不想聽的那句話。

「我……說不出。」

「說不出什麼？」于越瞪大眼睛。

赫颯閉上眼，那天的一幕幕似乎又在眼前晃動。有沙啞絕望的聲音，有鮮紅刺目的血液，一滴一滴地從那漸漸失去生命的軀體裡流出。而他至今還記得，她瞪大眼，至死也不甘心地問著自己——為什麼，為什麼！

那一聲聲的質問，無辜而不忿地瞪大的雙眼，總在赫颯的夢裡出現。而他也是從那以後，變得開始恐懼血液和屍體。

為什麼，為什麼——！

那憤怒而絕望的聲音還一遍遍地迴響在耳邊，赫颯依然還記得自己當時決絕的回答，與絲毫不願委婉的心意。

最終，造成的是無法挽回的後果。

睜開眼，看著明晃晃的天空，赫颯卻覺得有些刺眼。他開口，有些沙啞道：「因為我，不能這麼說。」

不能說，自己與那場死亡毫無關係。

不，或者說，他就是罪魁禍首。

「你下山吧。」赫颯的聲音充滿疲憊，對于越道，「等到真的提出訴訟，他們來找我時，我會回去接受審判。這件事，你們不用再管了。」

「你！」于越怒視他，但是赫颯已經收拾著東西進屋，不再回頭理會他了。

沒辦法，他只能在赫颯身後高聲大喊：「我明天也會來找你！直到你說出實話為止！」

說完，就氣沖沖地甩門出了庭院。

「哎，大叔你要回去啦？不和赫哥聊了？」

「回去，明天再來。」

「明天還要來啊……」

「放心，少不了你的報酬。你要什麼？」

「一碗泡麵！最貴的那種。」

「……」

「呃，那我還是吃便宜點的吧，是不是要求太多了？」

于越忍不住笑了，「泡麵能有多貴？我給你買一車都沒問題，明天再來幫我把風吧。」

「好耶！」

庭院內，赫颯聽著那兩人的聲音越傳越遠，嘴角有幾分無奈的笑意。于越這個人脾氣倔強，他不肯放棄，是認為自己還隱瞞著什麼，沒有說實話。

可是……

赫颯的眸色暗了暗，苦笑一聲。他已經說了實話，為什麼他們就不願意相信呢？

那個女孩，就是死在了自己手上。

赫颯的右手握緊。

——死在了自己的冷漠上。

在那一刻，赫颯才知道，原來死亡是這麼輕而易舉的一件事。

「你認為死亡是什麼？」

突然被問到這個話題，林深警惕地看了眼身邊的人，然而赫野卻還是一如既往地笑望著他，眼睛裡是一片澄澈的光芒。

「為什麼要問這個？」

兩人已經聊了好一會，林深不得不承認，這個突然出現的傢伙，真的是很瞭解自己。不，不該說是瞭解，而是兩人有太多相似的地方。

都無法與周圍融為一體，都被周遭排斥，也同樣地，他們都用自己的偽裝去應對周圍人對自己的傷害。

只不過林深的偽裝是冷漠，而赫野的偽裝則是那張笑臉，他似乎面對隨便什麼人都可以笑得一臉燦爛。

被林深這麼問的時候，赫野愣了一下，隨即笑道：「習慣吧。」

習慣？

「因為笑容是溫柔的刀，既可以傷到自己，也可以傷到別人。最妙的是，還是最不容易被發現的凶器。」當赫野笑著說出這句話的時候，林深突然覺得他的笑容礙眼起來，扭頭哼了一聲。

不過，赫野隨即又道：「但是即便如此，我也是會有真心想笑的時候。」

林深動了動耳朵。

「就比如現在，難得遇到一個這麼與自己共鳴的同伴。」赫野笑著，眨了眨眼，「難道不是天意嗎？」

所以，對於這樣難得的機緣，赫野問了那個問題。

死亡是什麼？

對於林深的警惕反應，他舉起手，無辜道：「別這麼看著我，我只是好奇，難道你不覺得奇怪嗎？人活一世，有太多的機會可以去嘗試很多事情，只有死亡，他們只有一次嘗試的機會。而且就算經歷了，也沒辦法告訴還活著的人那究竟是什麼感覺。」

赫野說著，眼裡亮出光芒。

「這難道不是世上最神祕的事情嗎？死亡！」

林深看著他，「你精神有問題。」

「不不不，請稱我為孜孜不倦的研究者。」赫野笑道，「我只是好奇心太旺盛，想挑戰世上一切的祕密。」

而死亡，就是人類最大的祕密。

「和睡覺一樣，閉上眼然後什麼都不知道了。」

「不對！」赫野激烈地反駁，「睡夢中還會做夢，還有意識，和死亡感覺不一樣！而且我想問的也不是這個。」他的表情有些苦惱，這是林深第一次看見他露出這樣沮喪的情緒。

看著赫野煩惱地蹲在地上，苦思著這個問題，林深竟也覺得有趣起來。竟然也有能把這個傢伙難倒的問題嗎？

「算了，我問你另一個問題。」赫野突然抬頭看他，「人為什麼要去死？」他又低聲道，「不，換句話說，人為什麼要堅持活著？」

「那當然是因為……」林深的話在嘴邊，卻突然卡住。

他想要怎麼回答，說些什麼？

因為活著是理所應當的事情，因為活著是件幸福的事情，因為活著是人類的本能？

先不說這些答案在他自己看來，就有些空虛。

幸福是什麼？他幾乎沒體會過。理所當然？山下的人對自己的厭惡倒是挺理所當然的。本能？對於林深來說，這似乎是最有說服力的答案了。但是這樣一來，他活得又與山上那些野獸有什麼區別？

而且無論哪個答案，在笑意盈盈地看著他的赫野面前，似乎都是那麼的不堪一擊。

「你不知道嗎？」赫野笑得更燦爛了，酒窩也變得更深，「我來告訴你好了。」

「那是因為，活著的人都是膽小鬼。」赫野的眼中透出狡黠的光芒，像是看透了一切，

「他們害怕失去現在擁有的那些膚淺享受，所以將死亡看作是恐怖。但是人偏偏在死亡面前才最平等，赤裸裸的一無所有。心虛和膽小的人，總是不敢拋下那些塵俗的外衣，看清楚自己究竟擁有著什麼。」

他又接著問：「你也是個膽小鬼嗎，林深？」

沒有人願意承認自己是膽小鬼，即使是林深也不例外。

當赫野那麼問他的時候，他立刻橫眉豎目地瞪了回去，惹得赫野一陣哈哈大笑。

林深不爽，「隨隨便便就放棄自己生命的人，也有資格說他不是膽怯？」

他這話是在批評赫野的歪理，卻沒有得到預想中的效果。赫野笑著搖搖頭，看著他，就像在看一個無理取鬧的小孩。

「話可不是這麼說的，你知道人人都在貪求的是什麼嗎？那就是生命，那些能夠做到放棄自己的生命去實現理想的人，我們都稱他們為英雄、偉人！但是以自殺的方式來結束自己人生的人，不也是在用生命去實現理想嗎？」

赫野的嘴角掛起一絲嘲意。

「這點我就不明白了，為什麼自殺者偏偏就會受到歧視，還被人認為是懦弱？」

「因為自殺會給周圍的人帶來困擾。」

「哦，難道那些所謂的英雄拋頭顱灑熱血、轟轟烈烈地死了，就不會給自己的親人帶來困擾？」赫野譏嘲道，「他們實現了虛妄的自我價值，卻不顧家人的感受，說到最後，獲益的是因他們的犧牲而得到好處的整個社會，而不是他們的家人。所以作為社會一分子的大部分人當然拍手叫好，因為他們享受到好處了嘛。」

林深有些反應不過來，按照赫野這個邏輯，那些流芳百世的悲劇英雄，那些捨己為人的道德模範，難道其實都只是為了某種自我滿足？而最大的既得利益者——這個社會，其實是在利用他們的死亡發展嗎？

這聽起來，有點觸目驚心。

但林深也不是容易被唬住的人，他很快就找到了赫野話中的漏洞。

「你舉的例並不正確，那些因公犧牲自己的人，他們的死亡最起碼帶來了某一方面的進步。而自殺者的死亡就只會給社會帶來動盪。人既然是以社會為基礎生存的，為了大環境而犧牲小的個體，有什麼不對？」

「犧牲？」赫野嗤笑一聲，「好吧，那我來問你，如果要你為了周圍的某個集體犧牲，你願不願意？」

這話讓林深頓住了。為某個集體利益犧牲自己？他嗎？

為了誰呢，鎮上的居民？可是他們平時是怎麼對待自己的？他聽過多少冷言冷語？就算哪天真的因為保護他們而送了命，那幫人大概也不會當一回事吧。

林深很快地回答：「我做不到，我並不是那種偉大的人物。」

「是啊，你做不到。事實上很多人都做不到放棄自己的性命，但是有兩種人做到了，一種是你口中的『偉人』，一種就是自殺者。他們實現目的的手段相同，都是不惜犧牲自己的性命，但是受到的對待卻天差地別。為什麼呢？只因為『偉人』的死亡能給大部分人帶來好處，而『自殺者』的死亡不能。」赫野道，「有一句話你說對了，因自殺者的死亡而獲利的不是大部分人，所以社會才排斥他們。要是哪一天，某個人的自殺能夠讓世界進步、讓歷史銘記，你說，會有多少人排隊在後面催著他趕快去死？」

「呵呵，這個世界的價值觀是不是很有趣？」赫野眨著眼睛，像是開玩笑地說著，「一個人的生死，不同人的生死，為什麼有這麼多區別？死亡這件事，在每個人身上都有不同的結果，百看不厭啊。」

林深覺得背後漸漸升起一股涼意，因為他發現自己現在完全沒有了反駁的想法，反倒是開始有點認同赫野了。其實從一開始，他的反駁就綿軟無力，一點說服力也沒有。打從認同為大部分人的利益可以犧牲少部分人後，林深在這場討論死亡的話題中，就沒有了立場。

他放棄了那少部分人的性命。這也代表他認可必要的時候，可以結束某些人的性命來換取整體利益。這從另一個角度來看，和那些為了私欲和情感，而放棄自己性命的自殺者們有什麼不同嗎？

不，很大的不同！大部分人放棄的是別人的性命，來換取自己的好處。而那些自殺者放棄他們自己的性命，換取的……還只是些渺茫的希望和自己的絕望。

從這點來看，這種犧牲理論比自殺者的自殺還要殘忍一百倍。

意識到自己的不對勁，林深連忙站起身來。

「哎，要回去了嗎？」

他沒有回答，但是身後的赫野還在鍥而不捨地追問：「和你聊天很開心，明天還來嗎？我在這裡等你！」

林深像是逃避魔鬼一樣，腳步匆匆地離開溪邊，走出樹林的那一刻，他回頭看去。

一道白色的身影坐在溪邊，還不忘朝他揮手告別。

林深命令自己收回視線，離開。而那繞在他心上的念頭，卻如影隨形般纏上來。

死亡究竟是什麼？

究竟誰有資格可以判定一個人該不該死去，是他自己嗎？如果不是的話，那還有誰有資格？

林深匆匆地離去，他的背影似乎有些狼狽不堪。從路邊延伸而出的茂密枝條，像是在嘲笑他的動搖，不停地搖擺，搖擺。

赫颯在第二天果然又見到了于越，這個傢伙的執著個性就是不達目的不放棄。而今天正巧，林深也是一早就出去了，給了他繼續糾纏的機會。

「你究竟還要在這裡坐到什麼時候？」赫颯看著他直皺眉，「跟你說清楚，我一會還要去巡林，沒工夫陪你閒聊。」

「巡林？」于越愣了。

「我的工作！每天有一大堆任務要做啊大哥，不像你這麼清閒。」

「你竟然還出來工作？」于越的眼睛瞪得更圓了，「我以為你上次是跟我說著玩的。」

「我這麼大人了，也要自食其力的好嗎。」赫颯翻了個白眼，推院門而出，「你要在這裡坐就繼續坐吧，我去工作了。」

「哎，等等！」

于越看著他的背影，連忙追了上去。出於好奇赫颯的工作，更出於好奇赫颯竟然能在這荒山野林找到工作，于越跟了上去。而今天一天的巡林，才剛剛開始。

當林深踏進小溪附近的樹林時，前方傳來一個帶著驚喜的聲音。

「你果然來了。」

赫野正坐在昨天的那塊石頭上，朝他招手。看著這和昨天一模一樣的姿勢，林深很懷疑這傢伙是不是一整晚都待在這裡沒有離開。

他還沒提問，倒是赫野看見他身上的衣服還有肩上的背包，問了句：「不去你該去的地方嗎？」

林深冷漠地回答：「沒有我該去的地方。」

「呵呵。」赫野笑了，「你這麼回答，讓我看到了以前的自己。」

他扔了一塊石頭進水中，沒有打起水漂。

「我以前也總是會懷疑，有時候想得深了，都會覺得自己是不是瘋了。」

「懷疑什麼？」林深問。

「沒有人認可我，沒有人承認我，周圍的人都否認我存在的價值。」赫野淡淡道，就像是在說一件關於別人的、無足輕重的事情，「不得不說，在成長期這是一件很困擾的事情。無論做什麼都不會被人表揚，稍微做得不好就會被人在背後指指點點，即便努力也不會有人關心，他們都在等著看我笑話。」

「那時候我想，究竟是我錯了，還是周圍的人錯了？不過之後我發現這麼想很可笑。」赫野道，「比起去糾結誰對誰錯，格格不入的是我和周圍的環境。想明白了以後，我發現這是一個無解的問題。因為一個人的力量是無法改變環境的，我生長至今的大環境排斥了我二十幾年，還會繼續排斥我更久。」

「沒人關心，沒人理解，被當作空氣一樣忽視，過得如同被圈養的畜生。我總算想通了，既然我無法改變周圍的人，那我能做到的只有一件事。」赫野說，「最起碼，消滅我這個人的存在，我自己還是有決定權的。」

「……你是想自殺。」

「賓果！猜中了，獎勵十分！」赫野笑看著他，完全沒有被戳破企圖的窘態。

「當然，我希望你不要用自殺這個詞來形容。」赫野糾正道，「我只是選擇了一個實現理想的最佳途徑，和他們鬥我也累了，但是又不想認輸，這時候一個更好的方法出現在面前，我為什麼不去實踐？」

「啊，當然，我可不是那些『偉人』。這世上可沒有多少人會因為我的死亡，而得到好處哦。」

林深皺眉，「人死了就什麼都沒有了。」

「這也無所謂。」赫野又笑了，但是這次的笑容卻讓人覺得空洞，如同一張白紙，「反正我至今都是一無所有，這樣的人生早點結束也沒什麼。不如說，這是我打的一個賭。」

「賭？」

「是啊，我的死對周圍的人來說，會讓他們產生什麼反應？他們是會後悔沒有看緊我，還是覺得鬆了一口氣，或者是覺得我擾亂他們原本的安排而憤怒？我很好奇這點。」赫野道，「而且死亡對我來說太有誘惑力了，忍不住就想嘗試一下。當然，我明白它是沒有回程票的。不過無所謂……」

「反正現在活著也沒有什麼意思。幸福在未來，以後會更好？」赫野瞇起眼睛，漆黑的眼珠像深淵一般能將人吞噬，「這種場面話，我可一點都不信。」

死亡是最誠實的，也是最可信的，比起周圍人虛假的笑容、敷衍的心意，去擁抱這份真實不是更讓人痛快？

「還有你，要不要一起來試試？」

林深一驚，不敢置信地看著他。

「我可不是在說笑話。」赫野微笑，向他伸出手，「因為我明白你是和我一樣的人。不被理解，被人排斥，與周圍格格不入，被人用異樣的目光注視，這樣的日子你還想過多久？」

「要不要和我一起試一下？」赫野蠱惑，壓低聲音道，「不總是聽人說，死亡是神賜給人類最好的禮物，你認為呢？」

林深緊盯著他，瞳孔微微緊縮。

他看著赫野笑得太過燦爛的面容，一剎那覺得有些晃眼。無數的面孔從他眼前晃過，卻全都模糊而不真實，但那些嘲諷的笑聲、鄙夷的目光，卻總是那麼清晰。這樣的生活，他真的感覺過快樂嗎？有什麼意義？

一般人都畏懼死亡，但是赫野看起來卻是在享受死亡，那麼，我呢？

林深自問，每天都過著壓抑得無法呼吸的日子，拚命去保護那些根本瞧不起自己的人，這樣的生活，還有持續的必要嗎？

如果死亡，真的是神賜予的禮物。

他看著赫野，心想，那麼眼前這個人，就是遞出禮物的使者。

或者說，是打開潘朵拉之盒的魔鬼。

林深伸出了手。

他腦中又想起了那個夢，一個他每夜都會做的惡夢。

轟隆隆——！

天空中乍響一道悶雷，正走在路上的赫颯疑惑地抬頭。

「要下雨了？」

回答他的，是驟然落下的暴雨。

夢中的那個背影，模糊而不清，看起來還有點微彎，卻是他再熟悉不過的背影。從幼時開始，他就是跟在這個瘦小又不強壯的背影後長大。

林深知道自己是被撿回來的孩子，從他記事起，身邊就只有爺爺。兩人住在深山野林裡，偶爾爺爺才會帶年幼的林深下一次山，但從不在山下過夜。

對於幼時的林深來說，和滿是綠色的大山不同，人類的小鎮充滿了誘惑，那裡的每一樣東西都能吸引小孩的注意力。但是爺爺從來不允許他在山下逗留，哪怕林深沉默地鬧脾氣，他都不曾應允。當小林深詢問，為什麼不能在鎮上多待一會？

老守林人只是看著他，笑著搖了搖頭，沒有解釋。

七歲的時候，林深到了入學的年齡，不能再每天待在山上。爺爺只能無奈地放他下山，並叮囑他要準時回家，但那時林深的心早就飛走，滿腦子都是山下五光十色的世界，恨不得立刻飛到鎮上去。而也是從這個時候，他開始明白了一些事情。

剛入學，小孩子很快打鬧成一片，第一次和這麼多同齡人相處，林深雖然有些不知所措，但是孩子的天真無邪和毫無防備，讓他很快就交到了朋友。

這是除了爺爺和山上的飛鳥走獸外，林深交到的第一批朋友。然而好光陰沒過幾天，事情漸漸有了轉變。林深發現班上的同學都開始不理會自己，原先要好的幾個朋友也都躲著他。這樣的情況持續了好幾天，林深再也忍不住，抓到一個機會直接問了出來。

「為什麼躲著我！」

他一下子攔住了好幾個同學的去路，其中有幾人還是前幾天和他很要好的伙伴。

「不是躲著你，是媽媽要我們不要再跟你說話的。」小孩子總是很直白，藏不住祕密。

「對呀對呀，我爸爸媽媽也叫我別再跟你玩了。」

「為什麼！」林深執拗地問。

「媽媽說你不吉利，會引來壞運氣。」

「你沒有爸爸媽媽，是野獸的小孩，我們不能和野小孩玩。」

林深攔路的手漸漸鬆動，他看著那些同齡人的目光，只看到了躲閃和畏懼，其他的，再也沒有。

那一天，林深沒有再徒勞地等待玩伴，沒有再巴望著有人能邀自己一起行動。他把前幾天收集好的準備和大家分享的遊戲卡扔進垃圾桶，獨自一個人回到了山上。

對爺爺他什麼都沒有說，爺爺笑著摸了摸他的腦袋，也什麼都沒有問。

從七歲起，林深開始明白一個道理，他和山下的人是不同的，他們不會成為自己的朋友。

十四歲，已經到了一個孩子開始憧憬愛情的年紀，然而林深依舊在校園裡獨來獨往，沒有一個能夠說話的人。

「哎呀，林瘋子身上又是一股臭味，是不是天天不洗澡！」

「別惹他，我爸說他們爺孫倆都不好惹，躲遠點。」

男生的譏嘲，女生的躲避，林深的十四歲沒有初戀，沒有懵懂，沒有激情。

這時候的他，已經開始幫助爺爺處理自殺者的屍體，他知道自己和這些人是不同的。

別人在家裡撒嬌賣乖時，他要幫爺爺滿山地巡邏。別人悠閒地享受初戀時，他在替那些為情而死的自殺者收集遺書或者是遺物。別人光鮮亮麗地逛街的時候，他要帶著滿身的泥濘搬運腐爛的屍體。那時候山上還沒有熱水器，很多時候爺孫倆滿身大汗地回來，也只能擦把臉就睡。

林深知道自己身上髒、臭，那是山林裡動物的臭味，院子裡化肥的怪味，還有人類的屍體腐爛的異味。山上的清水很寶貴，沒辦法讓他每天清洗自己，而且他也習慣了這些味道。

但這些，跟周圍那些人解釋有意義嗎？

他們根本不是同個世界的人，他無法理解那些少年的青春狂放、光鮮亮麗，別人也無法知道林深小小的年紀，已經看過了多少生死。

十四歲的林深，知道自己和世上的大部分人都不會有交集，他的世界只有山林。即使是爺爺，這個上了年紀的老人在面對林深的提問時，也只會呵呵地笑，卻從不回答。

在年輕氣盛的林深看來，爺爺這是年紀大了，選擇得過且過的生活。

然而他呢？

要一輩子守在這荒山上，一輩子撿那些陌生人的屍體，一輩子守護山下那群鄙夷自己的人？

憑什麼？憑什麼！

如果他的人生軌跡不是這樣，如果他當初就死在樹林裡沒有被撿回去，是不是就不用過這種生活！明明是人類，明明渴望被理解，卻被所有人排斥，被所有人拒絕！

他內心的吶喊沒有人聽得見，他們只看到自己想看到的，拒絕去理解一個寂寞痛苦的人！

誰聽得見自己的聲音，誰能真正瞭解自己？

每夜的夢中，林深都只能夢見身處一片黑暗之間，而周圍什麼都沒有。沒有聲音，沒有光亮，沒有絲毫希望，就像他現在生活的這個世界。

「你是和我一樣的人。」

突然有人這麼對他說。

「在這世上活久了，人們的耳朵就聾了，眼睛就瞎了，他們早就聽不到我們的聲音。」赫野道，「不用一些激烈的方法，那些人是注意不到我們的。」

「激烈……的方法？」

「是啊，用最直接、最決絕的方式，把我們的抗議表達出來。」赫野笑道，「然後該痛苦煩惱的就是那群人，以後的事情都與我們無關了。」

林深感覺到自己被牽著向某處走去，那邊是小溪盡頭的懸崖。旱季時，懸崖下是一片淺水，而在汛期，那裡會變為一泓深潭。

這短短的距離，他想了很多。爺爺總是顯得敷衍的笑容，山下人冷漠的目光。活了這麼多年，哪怕一天也好，他有真正開心地活過嗎？他是為誰而活，他的生活有什麼意義？

赫野站在崖邊，鬆開手，臨空擁抱著空氣，而在他身下則是幾十米的懸崖。天空不知何時飄下雨絲，卻絲毫不影響他的心情。

「此時此刻，我就是我命運的主宰！」

他暢懷大笑，像是在擁抱著什麼似地張開雙手。接著望向林深，最後一次伸出手。

那一刻，腦中紛飛過去的許多畫面，停留在一個鏡頭上。林深記得，那是某次自己詢問爺爺。

「自殺的人會不會後悔？」

「不會。」爺爺回答，「因為他們已經沒有機會後悔了。」

而林深這一次，也不想再給自己機會去後悔！

下一秒，停在崖邊樹梢上的鳥兒驚恐地飛起，牠看著兩個人類把自己當成鳥兒般高高跳起，展臂躍下，然而，他們卻沒有像鳥兒一樣再次飛起。

人類是怎麼了？

鳥兒困惑地在空中迴旋，看著崖下濺起的慘白水花。明明不能飛，為什麼還要張開雙翅？

雨水滴落在崖下的水面上，濺起點點波瀾。

被撞擊的劇痛侵襲，逐漸沉下水底的那一刻，林深的意識是模糊的。他抬頭，只看到遠處水面那隱隱約約的光芒，離他越來越遠，無法觸及。

一片黑暗。

死亡是什麼，只有死去的人知道。

活著會有什麼，只有繼續活下去的人才知道。

而這一次，他將邁向的是所有人都不知道的世界，那裡會不會安靜些呢？不再有人嘲諷，不再有人鄙夷，不再……

「林深！」

「喂，林深，你在這裡做什麼！」

「睡什麼覺呢？雨都下這麼大了，你是想被水沖走嗎？」耳邊似乎有人不斷聒噪的聲音，真吵，不過似乎也不是那麼討厭。林深睜開眼，看到的就是一張湊在自己面前的臉。

不動聲色地將那張臉推開，他爬起身，揉了揉有些疼痛的太陽穴。

「你怎麼睡在這？」赫颯好奇道，「不是說下山辦事去了嗎？在這裡睡得這麼香。」

剛睡醒的人反應總是有些遲鈍，林深望了頭頂的樹葉好久，才依稀記起自己似乎做了一個夢。

不，不算是夢，是很久以前的記憶，只是有些久遠，竟然已經開始模糊不清。但或許是又到了同樣的季節，或許是最近一系列的事情刺激了記憶的復蘇，他從山下辦事回來，鬼使神差地進了這片樹林，竟然，又再夢見了當年的事情。

「我做了一個夢。」

赫颯聽他突然開口，嚇了一跳，「什麼夢，春夢？」

「一場惡夢。」林深說，看著小溪的盡頭，彷彿還能看到當年的那個身影。

處在叛逆期的十七歲林深，對誰都不滿，對世界充滿憎恨，背著書包穿著制服，光明正大地蹺課。然後某天，在這片樹林中遇見了一個蠱惑他的惡魔。

那個惡魔問他：「你沒有該去的地方嗎？」

那句話，打開了少年林深心中的潘朵拉之盒。

「不回家嗎？」赫颯見林深又不說話了，無奈道，「雨越來越大了，而且天也快黑了。」

林深抬頭，目光炯炯地盯著他。

「幹、幹什麼？」赫諷防備地後退幾步，林深這傢伙怎麼跟要吃人一樣看著自己？

「回去。」

林深瞇起眼睛，露出一個笑容。

「回家吧。」

然後他上前，牽住這個把自己從惡夢中喚醒的男人。難得赫諷乖乖聽話，讓他牽著走。小溪邊的樹林一下子又安靜下來，彷彿從來就沒有人來過。

然而，惡夢醒了，過去曾發生過的事情卻不會被抹消。當時跳下崖的林深，後來又遭遇了什麼？

那個叫赫野的男人，他怎麼樣了？

或許，現在該稱呼他另一個名字。

黑夜。

第五十一章　骨血（二）

林深牽著赫颯踏出樹林，沒走幾步，就遇到一個人迎面跑上來。

「瘋子！你這傢伙跑這麼快，是不是想故意甩掉我啊！我告訴你，在你坦白真相前，別想甩掉我！」

于越氣喘吁吁地追了上來，在這片深山野林裡被熟悉地形的赫颯耍得團團轉，他也挺不容易的。

林深停下腳步，「你認識的人？」

「不不不，不知道哪裡跑來的神經病，隨便抓個人就說認識他。」赫颯連忙打哈哈否認，上前一把反拉住林深，「走吧，不是趕著回去嗎？別管這傢伙了。」

可是他怎麼拉都拉不動，林深竟然就站在原地不動了。他看著一邊抹去雨水一邊喘氣的于越，問：「你認識赫颯？」

「認識！」

「不認識！」

幾乎同時，兩個人道出了截然相反的答案。

赫颯站在林深身後，氣急敗壞地用眼神暗示于越。渾蛋，別在這種時候拖老子下水！林深這傢伙可不好蒙混啊！

于越看著看著就笑了，總算是被他逮到赫颯的把柄了。於是，也不再理會赫颯的暗示，直接看向林深就說：「不僅認識，還相當熟悉，我和這瘋子是從小穿開襠褲一起長大的鐵哥們，沒有人能比我更瞭解他了。」

林深皺了皺眉，似乎對于越的說法有些不滿。不過這一句話，也顯示出于越和赫颯之間的關係。

「你來找他有事？」

「有事！」

「沒事！」

又是截然相反的回答，林深直接無視赫諷，只對著于越道：「如果找他有事，辦完後請直接下山，山上不方便留人。」

「哎，呃……這個……」這是要趕自己下山？于越愣住了，剛才聽這人的口氣，他還以為會問自己些什麼，誰知道只是這麼一兩句就結束了，不管了？

「嘿嘿。」赫諷在一旁幸災樂禍，「說你呢，快點下山！我們山上是不留客的！你也別想借宿啊！」

于越憤憤不平地瞪了赫諷兩眼，終於意識到今天再糾纏下去也沒什麼意義，他轉頭向山下走去，不過臨走前他還不忘留下狠話。

「我明天還會來的！」

赫諷一下子又愁眉苦臉了，自己怎麼就遇上這麼一個倔強的損友？

「看來你們之間，有很重要的事情要談。」林深目送于越下山，回頭看著赫諷道。

「哈哈，其實也不是什麼重要的事情，只是一些私事，私事而已。」

「是嗎？」林深也不再多問，轉身就向木屋走去。

此時陰雨綿綿，他又剛從那個惡夢中醒來，心情實在算不上好。赫諷似乎也意識到了什麼，默默地跟在林深身後，不說話。

這種連綿的小雨，彷彿要把人悄悄吞噬，不見停頓地下著。林深感受著落在身上臉上的雨絲，心思一瞬間又回到了那個時候。

那也是漫天綿綿細雨時。

臉上冰涼的雨滴，是他從黑暗中清醒過來的第一個感觸。拚命地想要睜開眼，卻發現連眼皮都難以動彈一下。

自己是在哪裡？發生了什麼事？

大腦一片空白，漸漸地，他能聽見周圍窸窸窣窣的聲音，似乎有不少人在說話，喧嘩而雜亂。

林深的意識終於恢復了一絲清醒，他回想起來，自己是墜入深潭中了，但現在這是怎麼回事？難道自己沒死嗎？可這又是在哪？

極度的疲憊讓他無法睜開眼，只能聽著周圍越來越清晰的聲音，似乎有不少人在自己身邊跑動，甚至能夠清楚地聽見他們的對話。

「別動、別動！還有呼吸，有呼吸了！」

「還有救，快送去醫院！」

「作孽啊，這誰家的孩子？怎麼掉進河裡了？」

「哎，要不是上游水庫開閘把他沖到這來，還不知道會飄去哪呢！」

林深感覺到有人抓著自己的手臂和腿，好幾個人一起把自己抬了起來。他們議論的話他有些能聽懂，有些卻聽不明白。然而想再仔細去聽時，一陣困倦來襲，他再也撐不住，昏睡了過去。

再次醒過來的時候，他已經躺在醫院的病床上，睜大眼無神地看著白色的天花板。良久，林深才撐著自己準備起身。

可是他手一動，卻碰到身邊的另一個人，林深一愣，側過頭看去。

一個人正趴在床邊熟睡著，花白的頭髮，乾枯泛黃的手指，還有那洗得破舊的衣服，林深一眼就認出來了。這是他的爺爺，山上的老守林人。

老人搬了張小板凳，就坐在林深的床邊，似乎是熬夜熬久了，在林深醒來的時候他卻睡了過去，但一隻手還是緊緊抓著林深露在外面的左手，十分地用力，不願意鬆開。

林深愣住了，他看著趴在自己床邊的爺爺，突然不知道該用什麼表情來面對。而一會爺爺醒來後，又會怎樣看他？是斥責，還是痛罵？或者是憤慨，一個終日在山上幫別人收屍的人，竟然也會選擇自殺？

就在林深不知道該怎麼面對的時候，趴在床邊的老人醒了。他的手先是動了一下，然後慢慢抬起頭來，下意識地想替林深蓋好被子時，才發現林深已經醒來了。

「終於醒了。」爺爺看著林深，鬆了一口氣，「我還擔心你會不會是溺水悶壞了身體，還是醫生說得對，沒有大礙就好。」

「我……」林深張了張口，想要說些什麼。

「怎麼這麼不小心掉到水裡去了？」爺爺責怪地看著林深，「在山上都住了這麼久，還不知道要小心點嗎？」

林深愣住了，他該怎麼開口說自己是自殺？還是，不說？

「哦，對了對了，肚子一定餓了，等著，我去幫你弄點吃的來。」爺爺說著已經推門而出，林深坐在病床上，等了一會，站起身試了試能不能行動後，也推門出去。

他剛走出病房還沒多遠，就聽到有人在議論自己。

「就是那個四〇八病房的小孩，說是意外溺水，其實誰都知道是怎麼回事。」

「住在山上的人怎麼可能那麼不小心，要我看哪是什麼意外，就是故意的。」

「自殺……」

「嘖嘖，現在的年輕人，不知道整天在想些什麼。」

「不過說來也奇怪，聽說一開始撈上來的時候都已經沒氣了，不知道後來怎麼又有呼吸了。」

「死而復生啊！不是詐屍吧？」

隔壁病房的病人家屬討論得津津有味，林深出去默默地走了一圈，回了病房。

爺爺再次回來的時候，還是帶著一如以往的笑容，慈愛地看著林深。而直到出院，他都沒有追問林深究竟是怎麼溺水的。

當林深忍不住反問，爺爺卻笑著說：「意外嘛，都是不能鐵齒的，沒事就好，沒事就好啊。」

從那以後，林深就再也沒有主動提起這件事。說來也奇怪，經歷過一次死亡後，他自殺的念頭就淡了許多。不知是經歷了生死，還是什麼別的緣故。林深突然覺得，其實活在這世上，也並沒有那麼難以忍受。

至少，那些不知道他身分的好心人撈他上來的時候，都是熱心地想救他。至少，世上還有一個願意為他守在床頭看護的親人。

那一刻，林深明白，不是這個世界排斥自己，也不是這個世界欠了自己什麼。只是有些事情，永遠無法用一句話來表達。人們對一個溺水的少年施以好意，卻同時對無辜的林深予以排擠，這不是他們的錯，而是人類的感情實在是太複雜。

他們能夠多愛一個人，也能夠多恨一個人。而有時候，這些愛與恨是連自己都無法控制的。

從那時起林深就想通了。何必去在意別人的眼光，何必活在別人對自己的態度裡，他終究是活在自己的世界，而不是其他人的眼中。

經歷了這次「溺水意外」，似乎一切都不一樣了。林深不再那麼偏激，對於生與死有了更多的看法。唯一不變的，只有爺爺那一慣笑而不語的表情。

這位老守林人似乎什麼都知道，卻又什麼都不說。在林深溺水獲救的第二年，本來身體健壯的老人逐漸癱瘓在床，最後病重離世。有人說，這是因為林深奪走了爺爺的命，他才能繼續活下來。

吱呀——

伸出手輕輕推開門，林深進屋打開燈，人也從往昔的回憶中回過神。

他走到擺著遺像的供桌前，看著那黑白照上溫柔微笑的老人。

究竟是誰看透了一切？

赫諷從他身後走進來，林深感覺到他的步伐，突然回過身問：「對死亡你怎麼看？」

「什麼？」

「有人的死亡換取了功名，有人的死亡卻遭受抨擊，明明都是放棄生命，為什麼會有這麼大的不同？」

他這話問得有些沒頭沒腦，赫諷卻聽懂了。

不僅聽懂了，還立刻就給出回答。

「這不是很簡單嗎？」赫諷道，「世界上有多少人就有多少種看法，別人怎麼想，我們哪管得到。再說，換取了功名的那種，說不定私底下也被別人罵白痴腦殘，這有什麼區別嗎？要是我，就不會那麼傻呼呼地去送死。」

「為什麼？」

「因為死了，就連你的死亡換取了什麼東西都不知道，多虧本！」

死亡帶走一切，包括它本身的意義。

「那如果有人說你的生命毫無意義，勸你放棄呢？」

赫諷道：「那我一定先揍他一拳！他自己去放棄吧！」

這麼簡單粗暴，似乎確實是赫諷的作風，林深輕笑一聲。

「再問你一個問題。」
「嗯？」
「你有兄弟嗎？」
赫颯愣了一下，點點頭：「好像有吧，傳說中有一個沒見過面的哥哥。」
「名字？」
「赫野。」

住在山上的第二百零六個夜晚，赫颯失眠了。原因很多，比如晚上悶熱的天氣，窗外不明鳥類詭異的叫聲，倒映在床單上的婆娑樹影等。但是赫颯知道，這些不過是找出來的藉口，真正的失眠原因並不是這些客觀因素，而是在他的心裡。

比如，他會輾轉反側地想，林深這幾天是不是有些奇怪？三天兩頭下山，是在找什麼線索嗎？又想起了晚飯前林深問他是否有兄弟，他問這個是什麼意思？一般來說，不是應該問家裡有沒有姐妹，有的話介紹給我，這樣嗎？

不對不對，赫颯連連搖頭，自己想哪去了，林深不是這種性格的人，自他應聘以來就沒見林深對女人感興趣過……

嘭一聲，赫颯猛然從床上坐起來！

剛才自己想到什麼了？林深對女的沒興趣？作為一個正常的二十五六歲男性，不可能對異性沒有憧憬吧？除非他憧憬的對象不是異性，而是同性。

赫颯咕嘟一下吞了吞口水，被自己的猜想驚到了。試想，不為女色所動的林深如果真的好那一口的話，那麼現在在這座山上、在這個幾乎算是封閉的環境內，最有危險的人不就是自己嗎？

不過孤男寡男共處一室這麼久，也沒見林深對自己下手，難道是自己想錯了？還是說，林深喜歡的不是自己這一款？赫諷連連搖頭，不可能，以自己這二十多年來打遍男女老幼無敵手的魅力，怎麼會連一個山林野人都捕獲不了。林深如果沒看上自己，那是他的損失，不對，如果他真的看上自己，到時候該怎麼拒絕？

赫諷陷入了深深的糾結之中，如果林深真打算對自己幹什麼的話，算不算是職場性騷擾？他要是用工作來威脅自己，自己該怎麼辦？是乖乖從命，還是誓死反抗？不過話說回來，男人和男人之間究竟該怎麼做？

赫諷掏出手機，刷刷地開始搜索起來。

「哦哦哦，原來還可以這樣！」

「好厲害！」

「不過尺寸不合適的話，一定很痛吧。」

「男人和女人第一次都要小心翼翼啊。」

他一邊翻看，一邊嘖嘖有聲，更加精神奕奕了，等到他回過神，才想起自己本來是在為失眠而苦惱，為什麼現在卻翻著一本男男戀漫畫看得津津有味？而且，似乎也沒那麼排斥？

赫諷的臉色泛青，下一秒，丟開手機，嗖一下鑽進被單。

說起來，都是林深這個罪魁禍首的錯，不僅害自己失眠，還讓自己的精神都變得不正常了！

赫諷碎碎念：「怪了，我怎麼一整晚都在想他的事？」

一閉上眼，就是今晚林深站在老守林人的遺像前，那沉默的背影。

林深最近有心事，赫諷看得出來，但是他卻不知道自己該不該問。若是在以前，對於旁人的事情，他是連想都不會去想，更別說是煩惱得睡不著了。在赫諷前二十五年的生命中，除了父母和幾個至交好友，其餘的人都不過是過客而已。

他可以對那些過客擺出溫文有禮的笑容，讓他們對自己留下好印象，如果時機適合，也不妨再發展一些彼此都滿意的浪漫故事。但是，打從心底，赫颯對於周圍的人，很少是真正放在眼中的。

用自己最好的一面，最有禮而不會落人口舌的態度去應對進退，這一直是他的處世之道。這樣雙方既不會交往得太深，也不會留下麻煩。

然而是從什麼時候開始，自己不再在林深面前露出虛假的笑容，而是暴露本性了？算算自己到目前為止，在林深面前出了多少次醜，對林深發了多少次脾氣，兩人拌嘴多少次？這麼一算，連赫颯都暗暗心驚。這樣完全放鬆，毫不戒備地與一個人相處，是他有生以來最徹底的一次。就連父母，他有時候都會敷衍應對。

赫颯搖搖頭，要將林深那陰魂不散的影子從自己腦內甩出，不然他今晚就別想睡了。他躺在床上，看著木質的天花板開始數羊，並逼迫自己思考林深以外的事情。

眼皮漸漸沉重，赫颯陷入困倦之中。與林深無關的事，什麼事呢？

——對了，是于越，他為了那件事來找自己……

那件事……

作為一個優秀的大眾情人，赫颯尋找女伴的標準，除了外貌氣質外，還有最重要的一條——你情我願。在前二十五年的情感生涯中，他奉行的原則就是不找有夫之婦、不找沾染地下行業的女性、不找未成年人、不找……會動真感情的女性。

從記事以來，赫颯就明白，愛情和婚姻是兩回事。愛情是稀有物，而婚姻是生活的必需品，尤其是出生在一個特殊的家庭裡，他明白自己的婚姻並不能由自己決定，而愛情這種太過稀有的東西，赫颯根本就沒指望自己能夠遇到。

在被家裡命令結婚以前，他會去享受情感，卻不希冀去尋找愛情。因此，能夠好聚好散、明白遊戲規則的女性，一向是他的唯一選擇。

不願意傷害那些感情脆弱的女士，赫颯只能放縱自己沉溺於情愛的遊樂場，對於真正意義上的交往，卻避之不及。

然而常在河邊走，哪能不溼鞋。即使是這樣小心謹慎的他，也有失誤的時候。那是他的第四個固定女伴，在「交往」之前，雙方都明確談好遊戲規則，互不觸犯雷點。最初，他們的相處確實很輕鬆愉快，沒有壓力地談天、契合的想法和觀點、類似的成長環境，讓兩個遊戲人間的男女逐漸成為了朋友——至少，赫颯當時是這麼認為的。

但是漸漸地，對方的行為卻開始失常，她會不停在赫颯工作的時候打電話傳簡訊，會很不禮貌地翻閱赫颯的手機簡訊，每天如此，像是在監視他一般。一開始，赫颯忍了，他認為對方身為自己的女伴，即使不是正式的女友，做這些事也算是她的權利。然而隨著他的縱容，對方卻變本加厲。

她開始每天質問赫颯究竟和哪些人見面，如果有女性的話，她就會歇斯底里地逼問赫颯，究竟和那些女人有沒有特殊關係！赫颯解釋自己絕對不會在有固定伴侶時，再去接觸其他女人，但她卻絲毫不相信，像是發瘋的母獸一樣警惕著接近赫颯的每一個女人。

同事，下屬，街上擦肩而過的路人，她的占有欲越來越嚴重，甚至連赫颯和自己母親講電話，都會受到她的限制。

這樣的日子持續了兩個月，赫颯終於決定說出那句話。

——請去找一個更能溫柔對待妳的人吧。

這算是暗示兩人關係的結束，然後赫颯關了手機，開始思考究竟是自己的哪些行為讓對方誤會了，為什麼一開始那樣輕鬆愉快的相處模式，最後會變成這樣？然而那時候他卻沒有預料到，第二天，才是惡夢的開始。

那天，赫颯沒有去常去的酒吧，結束工作後就直接回家，然而在停車場，他卻猝不及防地被人迷暈了，醒來的時候，發現自己在一個陌生的房間。

他的前女伴就坐在床邊。她披頭散髮，面色蒼白，完全沒有了平日的優雅和美麗。

「妳……」

「為什麼……為什麼，你要拒絕我！」

赫颯剛開口說了一個字，對方就發瘋一樣尖叫起來。

「是我哪裡不好嗎，我沒有別的女人美麗、沒有她們出色嗎？你為什麼要離開我？為什麼?!」

看著她瘋狂尖叫的模樣，赫颯原本還想好好解釋。

「妳不是也知道嗎？像我們這樣的人，以後都會由家裡尋找合適的對象結婚，不可能真的一直在一起！」

「你不愛我嗎？」女人聽不進他的話，呢喃地問道，「你對我那麼溫柔，難道不是愛我的嗎？我也愛你啊，好愛你啊……」

愛你，愛你，愛……

看著一個女人不斷對自己重複這句話，赫颯漸漸有些不耐煩。愛情這東西是稀有物，稀有到根本不存在世上，他不相信。

這麼說了以後，那女人露出了一個奇怪的笑容。

「那要怎麼樣你才相信？」

赫颯沒有回答，接下來的記憶開始有些模糊，似乎是迷藥的作用，他的神志還是有些不太清醒。

只聽到有人一直在念著一個字，深情而繾綣。那是哪個字呢？為什麼他不記得了？

他感覺到撫摸自己臉龐的纖細溫柔的手，落在自己唇上的輕柔的吻，接著，有人對自己輕聲道別：「再見了，再見了。我會讓你相信，相信我……你……」

再次清醒的時候，頭疼欲裂，他掙扎著起身，卻突然感覺到胸前的溫熱觸感，錯愕地抬頭一看。

那個女人如往常一樣，撒嬌般地躺在他的胸前，緊緊地抱住他。然而，那從她心口汩汩流出的紅色血液，卻在暗示著一切都不同了！

她的臉色是那麼蒼白，她的身體輕盈到似乎沒有重量，然而她抱著赫颯的手卻還是那麼溫柔，嘴角帶著笑意，彷彿實現了一個美麗的夢。

我愛你，我會讓你相信。

最後的那句話突然在赫颯腦內響起，看著印在白色床單上的紅色液體，那披散開來的美麗長髮，沾染在黑髮上的血珠，纏綿的黑與紅，完美地映襯在那純潔的白上。

「啊啊啊啊啊！」

赫颯突然抱著頭，痛苦地哀號起來。

那一刻，他的心似乎有哪裡剝落了。

我把心掏出來給你，證明我愛你。

一顆不再跳動的心臟被放在他的右手，如同某個決絕的承諾。

那個女人，幸福地笑著。

第五十二章　骨血（三）

「咕嚕咕嚕，呸。」

林深鼓著臉頰漱口，接著全吐進洗臉臺，然後又含了一口水，仰起頭正準備繼續。

「咕……」

門被大力推開，滿身是汗的赫諷臉色蒼白地推門而入，他撐著額頭，有些虛弱道：「林深，借過，我的胃不舒服。咦，你幹嘛啊？」

林深在猝不及防之下咕咚一聲，把嘴裡的漱口水全吞了下去，看著瞪著自己的赫諷，他面不改色道：「沒幹什麼。」

喉嚨裡的牙膏味還未散，林深舉著刷牙杯後退一步，看著赫諷衝到洗臉臺前，捧起一把水就往臉上潑，一連潑了好幾次，他的臉色才好了一點。

「你怎麼了？」

「沒事，就是做了一個惡夢。」

回想著剛才夢中的情景，尤其是那個被自己握在手上，滑膩粘溼的……

「唔、嘔！」

頭埋在水池裡，赫諷反胃地吐了起來，一邊憎恨自己幹嘛自作孽地回想，還有那該死的大腦怎麼就記得那麼清楚！

吐得嘴裡都是酸味，難受地抬起頭來時，他看到身邊遞過來的一個水杯。

「漱漱口。」林深道。

「嗯，謝謝。」

赫諷端起杯子，含了一大口。可是水含到嘴裡時，他才想起這杯子是林深剛才用過的，連洗都沒洗自己就接過來用了，這算不算是間接接吻？

糟了，都怪昨天晚上想太多，現在做什麼都覺得尷尬。

林深在一旁奇怪地看著他，「不吐出來？」

「吐吐吐！」赫颯欲蓋彌彰地回答，狠狠地將漱口水吐了出去。由於太用力，水反彈了回來，一些濺到了他的臉頰上。

林深見狀，從一旁拿起一條毛巾，很順手地替赫颯擦了起來。擦完後，他見赫颯的面色似乎有些泛紅，奇怪道：「嗆到了？」

「沒、沒有。」

「那你慢慢刷牙吧，我先出去。」

說完，林深就推門離開了洗手間，從頭到尾都沒有什麼不自然的地方。只留下赫颯一個人愣愣地站在原地，半晌，他揉了揉自己還有些發燙的臉頰。

「靠，是我想太多了？」隨即搖搖腦袋，自嘲自己多心，拿出牙膏牙刷開始刷牙。

門外，林深輕靠著牆壁，聽著裡面的動靜，聽見赫颯那小小的自嘲聲後，他有些愉悅地抿了抿唇，起身，離開走道。

等赫颯確定自己的臉色已經恢復正常、假裝鎮定地走出洗手間的時候，林深已經坐在桌前，拿著一塊麵包啃了起來。見他手邊放著一個背包，赫颯問：「你又要出去？」

「嗯。」

「你這幾天常常下山，究竟是在幹什麼？」

「找東西，找人。」

赫颯疑惑地打量他，「這麼急，有頭緒了嗎？」

「……」林深沒有回答，而是抬頭打量赫颯，「問這麼多，你有什麼目的？」

「哪有目的？我只是抱著關心雇主生活的心態問問看而已……好吧，我承認是有目的。」實在是抵擋不住林深的視線，赫颯舉雙手投降，「我就問一件事，我今天能不能跟你一起去？」

林深微微瞇起眼，「理由。」

「我不想再被于越纏住了，那傢伙完全是十頭牛都拉不回頭的死腦筋，我快被他煩死了！」

這是個好理由，林深沒多想就同意了。

於是，當鍥而不捨的于越再次找上門的時候，迎接他的卻是空無一人的木屋。他還不死心地在山上逛了半天，除了差點被林深的陷阱刺出一個血洞外，什麼收穫都沒有。

正當徒勞無獲的于越坐在地上罵髒話時，赫颯和林深兩個人正坐在警察局的辦公室，喝著茶吹著冷氣。秋老虎的威力驚人，到了這個月份，走在街上還是悶熱不堪。

赫颯站在窗前，看著街上滿身大汗的路人，內心微微有些幸災樂禍。正在此時，他聽到身後的林深發出較高音量的疑問。

「沒有檔案？」

「是的，沒有。」坐在電腦前的小員警道，「一般的失蹤人口，到達一定的年數後，就會按照死亡紀錄來撤銷檔案。你找的這個人，雖然還在失蹤列表上，但是我們已經好幾年沒有更新過他的資訊了。嗯，自從二〇〇五年到現在，資訊就沒有更新過。」

小員警是新調來的，還不清楚林深的情況，只知道警局和山上的守林人一直有合作關係，便大了膽子好奇地問：「你們調查他做什麼，這人和自殺案件有關？」

林深淡淡道：「二〇〇五年，他就是在山上自殺的，之後一直沒有找到屍體，我只是想知道他有沒有可能還活著。」

「怎麼尋死的？」

「跳崖。」

「那絕對死定了。」

「不一定，和他一起跳崖的那個人就活了下來，而且還活得很好。」

小員警好奇道：「那傢伙也太命大了，大難不死必有後福啊。」

「嗯，承你吉言。」

小員警瞪大眼睛，聽見林深不慌不忙道：「那個活下來的人就是我。」

「……」

新來的小員警張口結舌，已經說不出話來了。身為守林人竟然也去玩自殺，這怎麼頗有種監守自盜的既視感啊？

赫颯在那邊聽見林深調戲小員警，此時再也忍不住地走了過來，「別逗人家了，你的冷笑話一點都不好笑。」

林深慢慢轉頭看他，「誰說是開玩笑？還有，你想不想知道，我查的這個失蹤者是誰？」

是和自己有什麼關係的人嗎？

赫颯正奇怪著，就看見林深將櫃臺的電腦螢幕慢慢轉了過來，然後他就看到了其上的一排資訊。一開始，他看著那張照片上的陌生男人還莫名覺得有些眼熟，正疑惑著，就看到姓名那一欄寫著兩個大字。

——赫野！

這一回，風中凌亂的人變成了赫颯。難怪他覺得照片上的男人熟悉，難怪他看那個男人的笑容眼熟到有些欠扁，因為這人長得太像自己老爹，而笑起來又和自己有七分相似！

這人是誰？不正是他一直未曾謀面的兄弟嗎？

赫颯第一反應是轉頭去瞪林深：「有內幕！」

「什麼？」林深困惑。

赫諷信誓旦旦地指著林深，「說，你當初錄用我是不是有內幕！」

林深無語地望著他，半晌才幽幽道：「這就是你抓住的重點？」

「呃，啊，不然還有什麼？」

半個小時後，離開警察局的林深，總算是把事情的原委和赫諷講清楚了，每個細節都沒有遺漏。連他自己都奇怪，現在怎麼能那麼冷靜地分析自己當年的心情？

「原來是這樣……」聽完後，赫諷沉默半天，感慨道，「難怪那天你會問我一些莫名其妙的問題，是被我那天上掉下來的老哥洗腦了吧？」

「請你把那稱為年幼無知。」林深十分不願意承認自己的黑歷史。

「哈哈，十七歲的年幼無知！」赫諷仰天長笑，「那只能說明你情商和智商的發展完全不成正比。」

林深鬱悶地看著身邊幸災樂禍的赫諷，有些明白為什麼自己回想過去時，心裡不會再那麼陰暗了。有這麼一個沒心沒肺的人陪在身邊，誰會有工夫去想那些生生死死、無病呻吟的事？

人，總是在閒極無聊的時候，才會開始胡思亂想，哲學家大概都是這樣越想越瘋，最後不是自殺就是進精神病院。

林深暗道，還好自己現在忙得分身乏術，不僅要應付源源不斷的自殺者，還要想辦法搞定身旁這個無比遲鈍的傢伙。在這時還有閒工夫去想人為什麼要死，就和一個吃撐了的人去想人為什麼要吃飯一樣。

沒事找事！

「不過，你找我這免錢的老哥究竟要幹嘛，再續前緣？」赫諷拉回話題。

「我有一件事懷疑……」

「我有一隻傻老闆，我從來也不騎，每天早上牽著他，去呀去趕集，我有……」

一陣詭異的音樂響了起來，赫颯冷汗狂冒，手忙腳亂地掏出手機。

林深的雙眼暗了暗，聽見手機鈴聲後，看向赫颯的眼神有些莫測。

騎？

放心，會讓你有機會的。

幸好赫颯不知道林深此時在想什麼，他迅速掏出手機解鎖接聽，「你好，請問找誰？」在接電話的時候，尤其是陌生來電，赫颯還是很人模人樣的。

然而對方沒有說話，而是先傳來一聲輕笑，那聲音讓赫颯下意識地後頸一冷。

然後，一個輕飄飄的聲音才透過無線訊號傳來。

「沒想到第一次和你交談竟然是通過這種方式，我親愛的弟弟。」

赫颯手一滑，手機差點掉下來。不過，差點就是還沒掉，因此他更清楚地聽見了對方的下一句話。

「不過很遺憾，這次不是找你。手機麻煩轉交給林深，我找他有事。」

赫颯連想也沒想就問：「你找他幹嘛？」

「老朋友多年不見，很想和他聊一聊。」赫野的聲音似乎總是帶著笑意，那種刻意的虛假笑容，「不過，正事是我要送他一份禮物，作為這幾天他一直調查我的回報。」

「禮物？」

赫颯的聲音提高了八度，他沒有回頭去看身邊的林深，而是繼續抓著手機，用若無其事的表情講電話。

「什麼禮物啊？雖然這麼久沒見面，但是你也不用這麼客氣嘛。」

「呵呵，禮貌是必須的。」

赫颯聽著，只覺得有些不對勁，這話怎麼有點耳熟？

他瞥了一旁的林深一眼，回笑道：「不用這麼客氣啦，禮物什麼的，其實我也不是很需要。」

「……」

「嗯嗯，我知道你很感謝我，放心裡就好了。」

「赫颯……」

「對對！也不用那麼客套，真的不用送什麼禮物。」

赫野失笑，這時候再猜不出他在玩哪一齣，他就是真蠢了。

「你……」

「我是很善解人意沒錯，不要太感謝我，禮物的事情就算了，掰。」

掛斷電話，赫颯故意嘆了一口氣，「唉，這年頭好人真是難做。」

見林深的疑惑的目光投過來，他又故意大聲道：「沒什麼，這是我以前認識的人，說是要送我一份大禮。當然，被大公無私的我拒絕了。」

林深很想提醒他，這和「大公無私」沒什麼關係，但是看了看赫颯，還是什麼都沒有說，直接轉身就走。

赫颯見他沒有再深問下去，悄悄鬆了一口氣。雖然不知道赫野那傢伙要送什麼禮物給林深，但不用腦子想也知道，那絕不會是什麼好東西。

就好比一個潘朵拉之盒放在你面前，雖然明知打開後有百分之九十九的可能性會帶來噩運，但人總是會忍不住幻想自己是那百分之一的幸運兒。而這時候最好的拒絕方法，就是不要看到這個盒子，聽也不要聽到。

不管赫野說的禮物是什麼，肯定不會是好事。有可能是某種威脅，有可能是一個陷阱，或者是他們兩個的把柄，甚至可能就是一顆炸彈。為了防止萬一林深一個心軟就真的被赫野的「禮物」制住了，還是不讓他知道「禮物」的存在比較好。

至於會不會有另外的協力者因為這事而受害，赫颯只能說聲抱歉，因為陌生人和林深比起來，當然是林深重要多了。

啊呸呸，我剛才在想什麼呢！

赫颯晃了晃自己的腦袋，快走幾步去喊前方的林深。

「喂，林……」話音未落，當他看見林深手裡的東西後，就驚悚了。

因為此時，林深正拿著一支手機貼在耳邊，表情嚴肅地在聽著什麼。

靠北啊！既然有林深的電話，剛才為什麼要打給我啊！赫颯在心裡把他憑空冒出來的老哥怒罵了無數遍。

一分鐘後，林深放下電話，臉色不是很好看。赫颯在離他五步遠的地方待命，不敢太接近也不願離太遠，只是小心翼翼地觀察著林深的表情。

林深看向他，「你剛才接的電話……」說到一半，見赫颯故作無知的表情，他了然一笑，「算了，當我什麼都沒問。」

赫颯見他沒有因為自己謊報軍情而生氣，總算鬆了口氣，追過來問道：「是那傢伙打過來的吧？他跟你說了什麼？」

赫颯那麼做是為了他著想，林深怎麼可能沒看出來，此時哪會生氣，竊喜都來不及了。

「我要去一趟隔壁縣。」林深沒有正面回答他的問題，「你幫我查一下，王希所在的那間精神病院的地址。」

赫颯的眼裡閃過片刻驚疑，「王希出事了？」

回答他的確是林深加快的腳步，以及越加沉重的氣氛。

一個半小時後，坐了短途客運又轉公車，最後靠十一路才抵達了這間主治各種精神疾病的醫院門口——○○縣第二醫院。在詢問櫃臺的護理師小姐一些資訊後，他們來到了一間病房的門口，不過此時病房前的名牌已經換過了，赫颯在垃圾桶裡看到了一張被丟棄的名牌——王希。

他和林深對視一眼，轉了個方向，來到醫院的太平間。這一次，他們在那裡看到了兩個蒼老佝僂的背影。

「王伯……」赫颯剛想上前，就被林深拉住了。他們此時離王伯夫婦還有半個走廊的距離，沉浸於悲傷中的老夫妻並沒有注意到他們。

「不要打擾他們。」林深說。

王伯和王嬸，這對年過半百的夫妻，此時相互攙扶著站在太平間門口，看得出來他們剛剛才痛哭過一場，眼眶紅腫。王伯不久前還是半白的頭髮，此時已經變成全白。以往眼裡的那種熠熠生輝的光芒，曾經尋找到兒子後失而復得的喜悅，此時已經變成一片灰暗。王嬸也是，彷彿一下子蒼老了十歲，眼中再也沒有光芒。

因為他們失去了拚搏奮鬥的唯一動力——他們的孩子。

王伯身為丈夫，還能勉力安慰妻子，只是他的手也有些止不住地顫抖，卻不能在妻子面前流露出來。他們現在是彼此最後的希望了，餘生便是兩棵老樹相互攙扶，直到枯死。他們費盡心思愛護的小樹苗已經不在了。

王伯輕拍著妻子的肩膀，原本要說些什麼，眼角一掃，卻看到了站在角落的赫颯與林深。

「你們也來了。」

「王伯。」林深走了過來，「節哀順變。」

他的話還是一樣言簡意賅，似乎沒有蘊含多少感情。但是王伯不是一般人，他知道林深的性格。

「其實我有預感，早晚會有這個結果的。阿細他必須為自己做的事負責，我……」他的嘴唇顫了顫，沒有說下去。

即使心裡知道兒子可能做了不少違法犯法的事情，王伯也不希望死亡突然降臨到兒子身上，而且還是這麼的猝不及防。

「恕我冒昧。」赫颯走過來，看了一眼太平間，問道，「王希他，是怎麼去世的？是不是有什麼人來找過他？」

王伯搖了搖頭，「他是自殺。」

「自殺？」

「嗯，也沒有人來找過他，不過……」王伯想了想，「昨天下午來了一個新來的實習醫生，他和阿細單獨相處了一會，然後阿細就出事了。」

「你們找過醫院了嗎？」

「找過了，醫院說根本沒有那個人，而且還說我們是故意誣賴，想敲詐一筆錢。」王伯苦笑，嘆了一口氣，沒有再說下去。

赫颯心道難怪，難怪王希的屍體這麼快就送到了太平間，病房也收拾得乾乾淨淨，看來醫院也知道事有蹊蹺，想擺脫責任啊。

「你們以後打算怎麼辦，要回去嗎，王伯？」林深關心道。

王伯搖了搖頭，回答說以後會在這裡找個地方落腳，就這麼將就著過了。由於財力問題，王希可能會就近葬在公墓裡，夫妻二人準備繼續守著兒子，哪怕只是一縷孤魂。

最後離開醫院的時候，他們在門口告別。看著二老互相攙扶著離開的背影，赫颯突然長嘆一口氣。

「我應該感謝你！」

「嗯？」

「要是那時候在懸崖邊你沒有阻止我，我很可能就幹了和赫野一樣畜生的事情——抹殺兩個老人活下去的最後希望。」赫颯自我批判道，「其實我有時候也挺混帳的，不想管閒事、不在乎陌生人的性命，自私又自我中心。而且最要命的是，我似乎有一種以暴制暴的想法，總想用暴力去制裁犯過『罪惡』的人。」

赫颯總結道：「如果說『黑夜』是個瘋子，目的是戲弄人的生死，那麼我就是自以為是的審判者，妄圖以自己的價值標準去評價一個人的生死。不愧是兄弟，一個模子裡刻出來的。」

事已至此，他們對於赫野就是「黑夜」這個結論，已經沒有任何懷疑。

「你和他完全不一樣。」林深反駁，「你的本性是善良的，而他根本就是在玩弄人性，那傢伙已經不正常了。」

赫颯點點頭，安慰自己還是很有人性的。幾個小時前的那通電話，赫野告訴林深，他準備的禮物就在這裡的精神病院，讓他自己來拿。他們抱著一定的心理準備過來，沒想到還是被他玩弄在股掌之間。

赫野竟然自己解決掉了自己的一顆棋子，雖然是廢棄的棋子，但是足以看出他的心冷漠到了什麼程度。赫野這樣的人，或許不該再用冷漠來形容，他可能也會扶老太太過馬路，幫哭泣的小孩撿回玩具，在正常情況下，這傢伙完全可以勝任好市民的稱呼。但同時，他也可以毫不猶豫地利用一個人的死亡，可以眨也不眨地看著一個人去送死，甚至是故意慫恿一個人走向死亡。

但是這樣的人，你卻不能用法律將他繩之以法，因為他遊走在法律的邊緣。他比誰都清楚自己在做什麼，不會超過那個警戒線，但同時又比真正持刀的凶徒還要惡劣。

有人說，最愚蠢的殺人方法是用凶器殺人，稍微聰明一點的人會用腦袋殺人，而站在金字塔尖端的人則利用工具殺人。這裡的工具不是指一般意義上的人類工具，而是指軍隊、國家、社會制度等等，上升到這種層面的工具。

而赫野，他就是這麼做的。他利用人類世界中最普遍的一樣東西——人們自身的思維去殺人。

赫颯最後對自己不曾謀面的兄長做出評價：「他不是個變態，就是個瘋子。」

林深點頭，「還有種可能，他以為自己是神。」

「哈哈……那我不就是神的弟弟了？」赫颯嘲笑道。正在此時，他那詭異的手機鈴聲又響了起來。

一看，又是公用電話。

「喂，」赫颯沒好氣地接起電話，「你是來炫耀的嗎？」

「當然不是。」對面傳來一聲輕笑，「只是看你們討論得熱烈，作為當事人來為自己辯駁一下。」

「呃……」

「首先，我覺得自己各方面都很正常，也會有害怕和恐懼心理，並不是變態或者瘋子。其次，神這種玩意，尼采早在上個世紀就宣告了它的死亡。最後，我親愛的弟弟，我只是想澄清一點。在你們看來我或許是個瘋子、變態，但在我看來，這個世界上的其他人未嘗就不是瘋子。而在被人類殘害的動物眼中，我們毫無疑問都是殘殺者、暴君，死光了最好。」

「你說這麼多，究竟想證明什麼？」赫颯有些不耐煩了。

「當然只有一點。」赫野笑了，告訴自己親愛的弟弟，「立場不同，才是造成我們分歧的根本原因。」

赫野的一通電話，除了像神棍一樣唬了赫颯一番，沒有透露更多資訊。比如，他是為了什麼要除掉王希，又為什麼要對綠湖森林這麼執著，他的目的是什麼？通話的過程中，無論赫颯怎麼變換招數套話，都是白忙一場。

最後對方掛斷電話，赫颯聽著手機裡的嘟嘟聲感嘆：「老狐狸。」然又皺眉，抬頭看了看四周。

「怎麼了？」林深問。

「剛才他說的話……好像他一直都知道我們在做什麼一樣，給我一種被他監視著的感覺。」赫颯道，「我們現在的一舉一動，可能都在他的眼皮底下。」

「這要怎麼做？」

「方法很多，現在街上到處都是警用和私人攝影機，他只要隨便入侵哪套監視系統，就可以查到我們的位置。再加上……林深，你現在這個手機號碼，之前是只有我知道吧。」

林深點了點頭，赫颯若有所思。

難怪上次赫野要先打電話給他，當時赫野大概是通過某種網路訊號入侵了他的手機，從通訊錄內查到林深的號碼。而這一次也是，入侵了某個監控系統後，操縱了路邊的攝影機來監視。

「嘖，這下麻煩了。」

這說明赫野身邊最少有一個電腦高手，可能是他的手下，甚至有可能就是赫野本人。這種高科技資訊對戰的東西，赫颯最多只瞭解一二，他可不是專業人士。

等等，專業人士？赫颯眼睛一亮，突然想到一個人。

「走吧，我們趕快回去。」他對林深道，「我想到一個能幫忙的人了！」

兩個小時後，三個大男人坐在綠湖鎮上的咖啡館裡，其中一位一臉笑眯眯地看著眼前的人，他旁邊的人則是面無表情，而坐在他們對面那位就可憐了，一身狼狽不說，還滿臉疲倦。

于越看著突然打電話主動找上門的赫諷，長嘆一口氣。

「你主動找上我，肯定沒好事。」

「不會，不會，就是一件好事。」赫諷笑道，「要是搞定了，你絕對大大的有賞！」

「行了，別用這種陰陽怪氣的語調和我說話。」于越不耐煩地揮手，「說吧，究竟是什麼事？」

「想讓你幫忙找一個人。」

「找人我可不擅長……」

「不，這一定是你很擅長的。」赫諷說著，掏出手機，「你看這是什麼？」

于越瞥了一眼，怒視赫諷，「你把我當傻瓜？」

「對，這就是一支手機。」赫諷無視他的憤怒，「但這不是一支普通的手機。」他道，「今天稍早，這支手機被人用某種訊號入侵過，然後盜走了一些資訊。我想問問你，能不能用一些技術反追蹤回去，查出對方的位置。」

于越聽著，神色變得嚴肅，「你又遇上什麼鳥事了？」

赫諷連忙擺手，「沒事，你就當我是在和人玩躲貓貓，現在就看誰先能找到對方了。」

于越看他那明顯有鬼的樣子，但問了赫諷肯定不願意說。

「我要是幫忙了，你要把那天的真相告訴我。」于越道，「無論怎樣，我都是相信你的，但事關你的安危，請你不要把擔心你的朋友排除在外。」

一直沒有動作的林深，聽見這句話，身體坐直了些。

「安危？」

赫颯連忙道：「沒有沒有，就是我的一些小事，你別管了，現在先解決這件事再說。」

林深看他神色躲閃，似乎不願意讓自己知道，臉色有些暗了下來。

「你的事情，不用我管？」

赫颯愣愣地點了點頭，不明白林深為什麼突然心情就不好了。

「那好，我的事情也不用你管。」林深站起身，看也不看赫颯一眼，對著于越道，「于先生，不麻煩你了，你可以不用理會他的要求。」說完，轉身就要走。

赫颯愣住了，眼看林深就要走出去，急著道：「你去哪？你不知道現在敵暗我明，情況很危險嗎！而且他一定是盯上你了，絕對還有後續計畫！」

林深頭也不回，「謝謝關心，不過這只是我的一些小事，不勞煩你擔心。」

這時候，赫颯才後知後覺自己剛才說錯了什麼。他看著還在鬧脾氣的林深，有些哭笑不得。

「我說錯了可以嗎？只是那件事情實在比較麻煩，我不希望更多的人被牽扯進來。」

「你的事我自然管不著。」林深冷冷的聲音傳來，「或許在你心裡，我根本就沒有資格參與。」

「不是……」赫颯被堵得心頭有些難受，說不清是什麼感覺，「我只是不想讓你知道……」他低下頭，閉上眼，眼前似乎還閃過那天沾滿血跡的白色床單。

其實心底的一些事情，他希望林深永遠不會知道。不是有意隱瞞林深，而是不希望他看到那個自私自利的自己。

「不想讓我知道什麼？」

再抬起頭，赫颯一驚，林深不知什麼時候又走了回來，正把臉湊到離他不足五公分的地方。

那雙深褐色的眸子眨也不眨地看著赫諷，似乎代表著它的主人此時的心情。

「你害怕我知道什麼？」林深說，「我只再給你一次機會，坦白從寬，抗拒從嚴。」

對著這樣一雙眼睛，似乎無法說出假話。赫諷想到每次自己的隱瞞都逃不過林深的雙眼，無奈地投降道：「我知道了，找個沒人的地方，我把事情跟你們說清楚吧，只是……」他抬頭回望林深，「聽了以後，你心裡有什麼想法，要全部老老實實地告訴我。」

林深凝視著他，鄭重而緩慢地點了點頭。

「我會的。」

赫諷這才鬆了口氣，等他回過神來的時候，才發現整間咖啡館都安靜了下來，沒有一絲聲響。不知什麼時候，整間店就只剩他和林深對話的聲音。其他人，包括于越，都正一臉詫異地看著他們。

赫諷這才反應過來，他和林深剛才的那番對話，聲音可是一點都不小，而且其中有些對白還頗引人誤解。

再給你一次機會。

或許在你心裡，我根本就沒有資格參與。

還有兩人繪聲繪色的表演，一個甩袖離開，一個苦苦挽留，這情景怎麼這麼眼熟？這不是經典的黃金八點檔狗血愛情劇的橋段嗎？

赫諷越想越冒冷汗，他看著身邊的林深，只見對方根本毫無反應，似乎沒有察覺周圍的異樣。

「嘶——」于越深吸一口氣，總算回過神。他看向赫諷，眼神有些晦澀，「瘋子，我終於知道你為什麼賴在這不願意回去了。」

「不不，你一定是誤會什麼了，于越，不要相信你眼睛看到的！」赫諷連忙解釋。

「不用掩飾。」于越搖頭，深嘆一口氣，「放心吧，即使知道了你真正的性向，我和你還是穿同一條開襠褲的死黨。不過，你可千萬別把主意打到我身上！我可還是純真少男，清白小雛菊！」

赫颯滿臉黑線，「我去你的雛菊。」

「放心。」這時，站在桌邊的林深開口道，「他不會有機會打別人的主意。」

他只說了這句話就不再開口，讓其他人有些捉摸不透他的心思。倒是于越頗有深意地多看了林深一眼，然後也起身。

「好了，那現在跟我走吧。」

「嗯，去哪？」

「你不是要我幫忙嗎？」于越道，「總要跟我回去，讓我去拿專用工具啊。還有，你需要一個僻靜的地方，把事情跟這位小哥說清楚吧。」

赫颯此時巴不得趕快離開這個尷尬的場所，連連點頭，跟著走出了咖啡館。在前往于越入住的旅館途中，赫颯越想越不對勁，他趁于越不注意，一把拉住林深。

「喂，你剛才那句話是什麼意思？」

「什麼什麼意思？」林深瞥他一眼。

「就是說，我以後不會有機會打別人的主意那句。」赫颯從這句話裡感受到了莫名的危險，讓他有一種被獵人盯上的感覺。

「這句話……」林深看了看他，半晌，突然露出微笑，「你自己不懂？」

赫颯一愣，就看見林深丟下這句話後，又往前走了。他看著前方的那個背影，喃喃自語：「我哪懂啊，要是懂我會問你嗎？又不是你肚子裡的蛔蟲。」

他聳了聳肩，無奈地跟了上去。

其實有些事情，不是不懂、不能懂，而是不想懂。

林深走在前方，聚精會神地聽著身後的動靜，直到聽見赫颯追趕上來的腳步聲，他才鬆了口氣。

有些人想裝糊塗，他可以奉陪。林深把手插在褲袋裡，握了握。

就讓獵物以為自己是安全的，沒有危險，一直麻痹下去。等到哪天獵人下定決心捕獲，那這隻獵物就再也沒有逃跑的機會了。

「所以，就是這麼一回事，我醒來的時候，她已經死了。」

一間並不是十分寬闊的客房內，赫颯、林深、于越三人各自坐著，就在不到一分鐘前，赫颯講完了自己那天的經歷。于越聽完後一臉不可思議，而林深卻一直沉默著沒有說話。

「但是我聽警察說，她用來自殺的那把刀不見了，這是怎麼回事？」于越問。

赫颯搖了搖頭，「我不清楚，只記得醒來後的事情，其他的就什麼都不記得了。」

在一個近乎封閉的房間，孤男寡女共處一室，而那名女性還以如此離奇的方式死亡，任誰都會懷疑到赫颯頭上。只是當時礙於赫家人的壓力，再加上證據不足，調查最後還是以自殺為定論，草草了事。然而事情卻沒有就此結束，在那之後，女方的家屬依舊沒有放棄對赫颯的懷疑，即使鬥不過赫颯背後的力量，他們也在以各種方法想為自己的親人搏得一個真相。

死者的家人堅信赫颯就是凶手，一點也不認同自殺這個說法。

「但是你沒有理由殺她啊。就算是要分手，也沒必要拿自己的前途開玩笑，做到那種地步吧。」于越為赫颯辯駁，「你根本就沒有殺人的理由和動機，對不對？赫颯？」

赫颯搖了搖頭，眼底流露出一絲痛苦，「我不知道。」

「你這是什麼意思！」

「我說，我不知道究竟是不是我動的手！」赫諷吼道，「我當時神志不清楚，根本記不得自己做了什麼，有可能真的是我下手的也說不定！」

「你亂說什麼，怎麼可能會是你？」

「為什麼不可能？」赫諷駁斥道，「當時的情況誰也不清楚，她那麼瘋瘋癲癲的樣子，我心裡早就覺得厭煩了。說實話，我那時絲毫不覺得她有多愛我，只是覺得這個女人很煩。其實，我早就看出當時她的情況不對勁，如果我細心一點，不說那麼多刺激她的話……」

于越打斷他：「這和你有什麼關係？你又不知道那個女人會想不開去自殺。」

「我知道！」赫諷突然高聲道，「我知道她可能會自殺！事實上，約我見面前她傳過一條簡訊給我，說如果我堅持分手的話，她就去尋死。」

「現在誰都喜歡把『為你去死』掛在嘴邊，誰會知道真假？那只是威脅！」

「不是威脅，她是認真的。她不是那種會隨便戲言的女人，而我也知道她的性格。」赫諷苦笑，「不過我當時並不在意，甚至很冷漠地想，這個女人的生死和我有什麼關係，死了也與我無關。」說到這裡，他捂住臉，沒有再說下去。

「這本來就與你無關。」一直沉默的林深，此時突然開口，「用死亡去威脅一個人接受自己的愛，將自己的生命當做綁架別人的籌碼。這種事，自私又愚蠢。你沒有必要為此愧疚。」

「我……」

林深繼續道：「比起這些，你不覺得情況有點不對勁嗎？這個女人一開始對你們之間的關係坦然接受，之後卻偏執得甚至用生命來威脅你。你也說過她原本是一個冷靜理性的人，前後轉變得這麼快，不是很奇怪嗎？」

赫諷一愣，「的確，她轉變得太突然了，就像一下子換了一個人。」

「不，與其說是改變，不如說是解放。每個人心裡都有許多無法控制的念頭，但是理智替我們一直壓抑著它們。她心裡一直裝著這份偏執，後來卻打開了枷鎖，一發不可收拾，走向滅亡。」林深道，「而要解開一直以來的理性束縛，光靠自己沒有這麼容易。或許是有人給了她某種外力，故意往錯誤的道路上引導。」

「你指的是誰？」赫颯正色問。

林深卻沒有回答他的問題，而是詢問于越：「查到地址了嗎？」

在他們交談的期間，于越一直在追蹤訊號，這時候也有收穫了。

「要等我公司的同事回我消息。」于越看了眼電腦螢幕，道，「入侵瘋子手機的那個訊號，因為已經過了一段時間，無法查清來源。不過我們倒是查到了打你們手機的公用電話的位址，這個位址……」于越看著螢幕，一笑，「很有意思，你們一定猜不到。」

「廢話那麼多，快說！」赫颯不耐煩地催促。

于越神祕一笑，把螢幕轉了過來。

「那兩通來電的公共電話位址已經確定了，就來自這個小鎮，也就是說——打電話給你們的那個人，此刻也正在這座鎮上。」

赫颯一驚，和林深對視一眼。

「千真萬確？」

「童叟無欺，如果他沒有立刻買車票閃人的話，此刻，或許就在我們離我們不足十公里遠的地方。」于越道，「怎樣，還要查嗎？不過我很好奇，你們要查的這個人究竟是誰？」

「不告訴你。」赫颯堵上他的嘴，有些擔心地看了身旁的林深一眼。

林深搖了搖頭，「不用繼續查了，現在還不知道他的目的，不能追得太緊。今天就這樣，我們先回去。」

「嗯。」

「哎，等等，瘋子，你這就要走了啊！你還沒說清楚，那天的事情你打算怎麼解決？」

「怎麼解決？」

「是啊，這次對方的父母可是使盡了力氣、用盡了關係，要是真的鬧到檯面上，你打算怎麼辦？」于越道，「現在的證據，雖然不能確定你是殺人凶手，但——」

「但也不能證明我是無辜的，對吧。」赫諷笑，「到時候再說吧，該來的總是會來。」

他說完，不理會身後于越的大呼小叫，直接跟著林深走了出去。

之後的一路上兩人都靜默無言，直到上山的時候，赫諷終於忍不住，主動開口。

「你就不問？」

「問什麼？」林深瞥他一眼。

「問人究竟是不是我殺的。」

「哦，那人究竟是不是你殺的？」

聽著林深這明顯敷衍的口氣，赫諷無奈道：「拜託，你好歹認真點問。」

「嗯，因為我確定，不會是你殺了那個女人。」

赫諷愣住，「為什麼這麼肯定？」

「因為你不愛那個女人。」林深道，「但是她愛你。對於一個瘋狂愛慕又得不到愛的女人來說，死在心愛的人手中也是一種幸福。為了讓你愧疚，讓你記住她，讓你一輩子擺脫不了她的陰影。」

他像是在說著別的某個人。

赫諷苦笑，「這麼恐怖的愛。可這樣她就能得到我嗎？」

林深輕輕道：「就是因為得不到。」

過於熱烈的感情一旦扭曲，後果不堪設想。他瞥了赫諷一眼，思緒又飄到了自己身上。如果是自己，林深想，如果是自己處在那個女人的位置上，他會怎麼做？

怎樣才能挽留一顆已經無法挽回的心？

不，根本不會有這種可能。因為從一開始，他就不會讓赫諷的心遠離自己，而是想盡辦法也要捕獲。用自己的死亡去苦苦哀求一份愛，那是弱者和懦夫才會做的事情。此時的林深，有自信不會讓跑進圍獵圈的獵物再逃出去。

兩人又是一陣沉默，不知不覺中已經走上了半山腰，又路過那片熟悉的小樹林。不約而同地，赫諷和林深的視線都向樹林深處看去。在那片密林之間，有一條小小的溪流，那條溪流曾經承載了太多故事，陌生的，熟悉的。

此時天色已近傍晚，密林深處一片昏暗，偶爾有一點光芒閃過，讓人懷疑是不是林中溪流的反光。而林深的眼睛一晃，彷彿又看到了那道曾經的白影。

再一眨眼，一切都只是幻覺。小樹林裡幽暗森森，什麼都無法看清。

等到太陽即將完全西沉的時候，兩人總算回到了木屋。一整天的奔波下來，赫諷疲倦得只想趕快回房休息。

在踏入院門之前，他像是想起了什麼，回頭對林深道：「其實今天，我……」

「不許動！」

一瞬間的異變！當兩人反應過來的時候，赫諷已經被人壓倒在地動彈不得。

幾個穿著警服的男人從暗處一躍而出，他們將赫諷的雙手反折，在背後銬住，一個面相凶狠的男人道：「現在我們正式以蓄意殺人罪的嫌疑逮捕你！赫諷，老實點，不要妄圖反抗。」

這突如其來的變化，宛如晴天霹靂。

林邊一隻飛鳥被驚起，鳴叫著飛遠。嘎啊、嘎啊，像是要將噩耗傳遍整座森林。

坐在溪邊的男子抬頭看了眼掠過天空的飛鳥，又收回目光望向倒映在水中的落日餘暉。

「這個禮物，還喜歡嗎？」

他輕聲呢喃，像是在自語，又像是在詢問。而被他投入水中的石子，帶起了一圈圈的波紋。

水紋漸漸平息，而風波，才剛剛開始。

第五十三章　凶手（一）

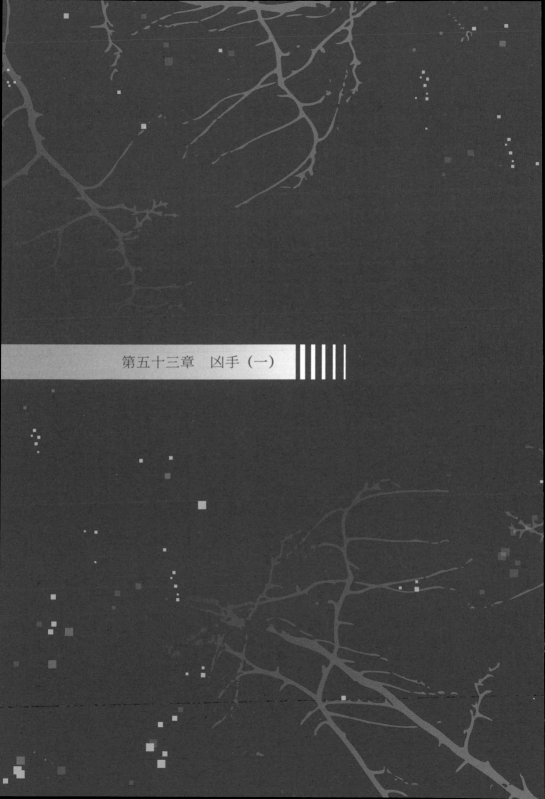

灰暗逼仄的天空，公路旁狹窄的人行道，行色匆匆的學生，面無表情的上班族，街頭小混混吵人的笑鬧聲，這一切襯托出來的，就是這日復一日毫無意義的生活。

令人煩躁！

她踢開腳邊的石子，對身後女學生的談話內容感到膩煩。一天到晚不是在議論別班的男生，就是在議論同性的妝容、議論今天哪個女老師上課出了醜、議論隔壁換了新裙子的女生是不是想勾引人。

很有意思嗎，有意思嗎？涂高高狠狠地回頭瞪了一眼，那幾個女生莫名其妙，故意放慢腳步離她遠點。她這才有些餘怒未消地收回視線。膚淺，無聊，愚蠢！這世上的人真他媽都是一群蠢貨，男女學生只知道青春萌動，滿腦子帥哥或者黃色廢料，大人也只知道工作工作賺錢賺錢，老師就知道關注成績好、家世好的學生，用分數和背景將學生劃分等級！

這個世界，無聊透頂了！

她冷哼一聲，快步走過一家手搖飲料店。路過店門的時候，她看見了玻璃窗上倒映著的自己的身影，不由愣住。那是一個很普通的十五六歲女孩，綁著隨處可見的馬尾，穿著制服，表情麻木，和其他被她鄙夷的同齡小孩沒有什麼不同。涂高高的氣勢一下子就倒了。原來，原來這世上最無聊、最愚蠢的人就是自己啊！

明明和別人沒兩樣，還總是自以為是地傲慢、自視過高，把別人都當成野草，殊不知自己也只是一棵可以被任意踐踏的雜草。

涂高高深深地嘆了一口氣，肩膀一下子垮了下來，有氣無力地走著。身後的學生很快超過了她，走到前頭。

「那女的怎麼了，莫名其妙。」

「哎，妳別看她，她是十七班的怪人，大家都說她腦子有病……」

「妳才有病！」涂高高突然大聲向那兩個悄悄回頭的女生呲牙，兩個小女生嚇了一跳，馬上跑走了。她得意地笑了笑，很快，又覺得自己這樣很沒意思。

「真無聊啊。」

她嘆氣，每天這樣過著沒有目標的生活，隨波逐流，明明才十六歲，未來的幾十年就像全都被規畫好了。結婚，生子，賺錢，貸款，養車養房！這樣活著有什麼意思啊？比螞蟻還勤勞，比螞蟻還盲目！

「不行，我不能做個盲目的人，我要做個有目標有夢想，有生活追求的人！」年輕女孩忍不住握緊拳頭，對自己鼓勵吶喊。

「噗哈，哈哈哈。」

身後突然傳來一陣爆笑，涂高高這才從自己的世界中回過神，窘迫地看著發出笑聲的人。那是個二十多歲的年輕男性，長相出色，而最特別的是他那讓人無法產生戒心的氣質，彷彿擁有安撫人心的魔力。

「抱歉，我實在沒想到出門散步，就會撞見一個陌生人對著天空吶喊。我不是有意偷看的。」該人雙手舉高，表示著歉意。

「我，我也沒有阻止你看啊。」涂高高掩飾心中的窘迫，看著眼前人，見他沒有反應，問道，「你不嘲笑我嗎？」

「嘲笑？」年輕男人笑了，「世上那麼多碌碌無為的人，我為什麼要去嘲笑一個有夢想的人？」

僅僅是這麼一句話，就讓涂高高對這個男人產生了好感。

小女孩不知天高地厚信任了這個陌生人，好奇問：「你叫什麼名字，大叔？」

「大叔」微微一笑，輕聲道：「赫野，我叫赫野。」

清風很輕，將他的聲音傳去很遠。

赫颯被外地員警帶走的消息，于越當天晚上才知道，他趕到小鎮上的警局時，看到了正在與當地員警無聲對峙的林深，這才知道事情有多嚴重。

「林深，你要理解我們的工作。」一個看起來資格比較老的員警道，「外地的員警來調查，我們能不配合嗎？要是知情不報，就是我們的失職。」

「所以你就讓他們埋伏在我家？」林深淡淡地反問道。

「什麼埋伏？」老員警一愣，反駁道，「那是偵查工作，一切程序都是合法的。」

「私闖民宅是合法？」

「那是……」老員警有些詞窮。

眼見兩方人越鬧越僵，于越連忙插嘴。

「怎麼回事？」他看向林深，「瘋子呢，他被帶走了？」

聽到于越的聲音，林深這才轉過頭來，他的目光在于越臉上滯留了很久，才徐徐點頭道：「他被銬著帶走了。」

「怎麼會這樣？」于越大驚，就算需要嫌犯歸案，也不用直接戴上警具。採取這麼嚴厲的強制措施，說明警方已經十分確認赫颯就是凶手，否則不會這麼做。

而且赫颯躲在這荒郊野嶺，究竟是怎麼被人找上門來的？

這時，那邊的員警又開口道：「林深，我希望你不要再胡攪蠻纏。平日，我們是有一些工作上的配合，但這不代表我們就要庇護你和你的同事。你那同事做了什麼事被外地員警逮捕，你們捫心自問。如果再因此來打擾我們的正常工作，你好自……」

他話還沒說完，林深猛地一掌拍在了辦公桌上。那雙野獸般的眸子緊緊地盯著說話的員警，像是要吞噬人一般，動也不動。

「你、你想做什麼？」

被林深身上的氣勢所迫，說話的員警退了半步，慢慢摸向側腰。于越十分緊張，擔心林深會不會控制不住鬧過頭了，卻見他已經收回手。

「我只會做我該做的。」

說完，他人已經往門口走去，不想在這裡再待下去。

不管屋內那些員警是什麼反應，于越連忙追了上去。

「林深，等等！瘋子他現在究竟怎麼樣了，你有沒有消息？喂——」

走在前方的林深突然止住腳步。

「我們回家的時候，他被員警埋伏，就在門口，我眼看著他被人帶走。」

于越也停下腳步，聽著他說。

「眼睜睜地……」林深的指甲幾乎陷進掌心，過了好久，他才從牙縫裡擠出那幾個字，「有人洩露了消息。」

「呃，是那群鎮上的員警？」于越想了想，又否認了自己的猜測，「不對，外地的員警是預先就知道瘋子在這鎮上，所以是有別人在那之前就洩露了消息。是誰……喂，你不會以為是我吧？」

林深聞言，回頭看了他一眼，看得于越寒毛直豎後，才否認道：「不是你，我知道是誰。」

「是誰？」

林深低聲道：「一個陰魂不散的人。」

月圓之夜，皎皎月光照亮了黑夜，林深卻覺得眼前一片昏暗。

今天實在是發生了太多的事情，王希之死，赫諷身涉命案，又突然被人拘捕，這一切都和那個人有關——赫野，或者說是黑夜。

他究竟是朝著自己來的，還是朝著赫颯來的？他的目的是什麼？

林深現在還無法明白，他明白的只有自己的無能為力。赫颯被帶走的時候一直回頭緊緊盯著自己，沒有出聲，但是那凝固般的視線只傳遞了一個意義——不要衝動，不要踩到這灘渾水中來！

赫颯的眼底充滿了緊張和擔憂。正因為如此，那一刻，哪怕緊握的雙手都快要捏碎，林深仍然克制著沒有衝上前。不是為了自己，而是為了赫颯。他不想讓他惹上更多的麻煩。

林深吐出胸口的一團鬱氣，轉身，突然回頭看向于越。

「他在哪？」

「啊，嗯？什麼？」于越不解。

「他現在在哪，他會被帶去哪，那些員警會帶他去哪？」林深一口氣問出來，「你一定知道，告訴我。」

「我……你真的想知道？」于越本來不想告訴林深，因為赫颯明顯不想讓這個人被牽涉進來，然而此刻眼前之人的眼神太過灼熱，讓他無法回避。

對于越的問題，林深用力地點了點頭，「我要知道。」

「知道了你又能做什麼？」

林深毫不猶豫道：「去找他，再繼續待在這，我會被自己逼瘋。」

注意到這個男人不像是在開玩笑，于越認真地打量了他一會，才道：「好吧，我告訴你他會在哪。反正事情到了這一步，我也是要回去的，帶上你也無妨。但是，你總不能就這樣跟著我走。」

他見林深露出疑惑的表情，哭笑不得地解釋：「身分證，行李，隨身用品都要帶上，你不至於打算隻身前往吧？你是打算找到赫颯，然後在看守所外面露宿街頭嗎？」

這點林深倒是沒想過，他現在滿腦子只想著快點找赫颯，快一步都好！

這麼一耽擱，兩人便約定第二天一早再出發。

第二天清晨，當林深收拾好行李走出院子，準備關上院門的那一刻，他突然意識到，這是自己有生以來第一次要離開這座小鎮。

二十多年，從出生到成長，經歷了各種坎坷，他的人生一直是圍繞著這小鎮和綠湖森林打轉，從來沒有去過更大的世界。而現在，為了一個男人，一個來了還不到一年的人，他要踏出自己固守了二十多年的小圈子，去一個陌生的、更危險的世界。

林深關上了門，這個念頭只在腦中一閃而逝。他沒有猶豫，踏出了走向外面世界的步伐。

當林深邁出下山的最後一步時，整座森林似乎都知道了他的離開，為他的出行道別著。路邊的樹枝被晨風搖擺著，庭院中長得正盛的月季輕輕舒展枝葉，山坡上孤獨的小石碑折射出第一道晨光，林中的鳥兒飛起掠過林深的頭頂，像是要為他引路。

這個生長於深林的男人，今天，第一次離開他的世界。

——去追逐他心中的人。

第五十四章　凶手（二）

影。

咣啷——！

金屬敲打在門上的聲音，讓人猛然驚醒。

赫颯睜開眼，直愣愣地看著門外，然而他看見的只有漆黑的夜，還有看守模糊不清的身影。

這是第幾晚了？他以謀殺案嫌犯的身分被關在這間看守所，幾乎不能與外界交流。這幾天除了員警和律師，赫颯就沒有見過其他的人。除了會面外，他大部分時間都是待在這間休息室裡發呆。

那些員警不會對他動手，但同樣也不會給予他特殊照顧。死者的家人也不是好惹的，一旦給他特殊待遇被發現，肯定會在外界引起軒然大波。

赫颯雙手墊在腦袋下，枕著自己的手臂，看著從外面投射進來的月光。月光的一抹純白，像是一片飛雪輕輕飄落在牆上。他緊盯著這抹迷人的白色，然而卻漸漸從雪白中看到了絲絲紅印，像是從牆內汩汩流出的鮮血。血液逐漸浸透了整面牆壁，將他淹沒，窒息……

呼！

赫颯猛地坐起身，從剛才的幻覺中回神，額頭上冒出一層細密的汗珠。

「該死。」他懊惱地揉著自己的太陽穴，為這令人煩躁的幻覺咒罵。自從被關進來後，他總是逃不開那個惡夢。不僅如此，惡夢還越演越烈。在醒著的時候，他也漸漸地能夠「看」到那一片血紅，以及被紅色映襯著的慘白。

那個女人死亡的一幕，化作一種無形的懲罰，每天每夜折磨著赫颯的神經。一開始，赫颯在心裡是愧疚的，他認為是因為自責，所以潛意識才會做這個夢。然而，情況變得越來越嚴重，他無法逃離這個夢境，無論是白天還是夜晚，總是重複看到同樣的場景。

死去的女人，她臉上詭異的笑容，異樣的執著，還有那顆粘稠的血紅心臟。

逐漸地，赫颯的心裡開始產生某種連自己都不知道的黑暗情緒，他開始厭惡看到那個女人死亡的場景，愧疚逐漸地轉變成別的情感。厭煩，逃避，甚至是憎惡。

就好比現在，在又一次被那血紅的幻覺驚醒後，赫颯喘息著扶著額頭，情緒暴躁。

「該死的……」

這句話還沒說完，他猛然抬頭，眼中透露出驚恐，好像看見什麼十分令人震驚的事情。

赫颯看向自己攤開的右手，他的手指微微用力、收緊，那動作好像是在握緊一把刀柄。

他被自己嚇到了，剛才在那千分之一秒中，他竟然產生了那個女人死了也好的念頭！

不，他竟然出現了想殺死某個人的想法。不自覺地，手不斷模擬著握刀的動作，就好像右手顫抖了一下，赫颯停止了自己模擬的動作。

他曾經也如此熟練地，將一把刀捅進某人的心臟。

「不，不！」赫颯痛苦地抓住自己的右手，用力到幾乎要把手腕扭斷，「為什麼我會那麼想，怎麼會……」

為什麼他會冒出那種恐怖的想法，那種冷漠得想奪走別人性命的想法。剛剛那一刻，赫颯明白自己是真的想要那麼做，想不顧一切地將面前的某樣東西徹底破壞。

他的背被汗水浸透，突然想到一種可能性。

一直以來，在赫颯心底，其實認為自己是被誣陷的。那個女人是自殺而死，和他並沒有關係。可是那一瞬間，感受到湧動在自己心中的莫名殺意後，赫颯開始正視自己。

他握了握自己的右手，感受著空氣從指間劃過。那一刻，赫颯開始懷疑。

他的這雙手，是不是真的殺死過某個人？那個記憶模糊的夜晚，究竟發生了什麼？

他真的是無辜的嗎？

哐噹，哐噹。掛在門口的鐵鍊輕輕拍打在門上，發出一聲又一聲沉悶的撞擊。

第二天，赫颯是被一陣開門聲吵醒的。

他睜開眼，看到一個面熟的員警，還有一個西裝革履的男人。那個體面的男人看到他，微微頷首示意。

「我是來保釋你離開的，赫颯先生。」

赫颯迷惘地眨了眨眼，眼眶中的血色如一張網將他束縛住。

「保釋？」

他喃喃地重複著，看著跟隨在那兩人之後跑進這間牢房的陽光。一瞬間，他竟覺得有些刺眼，害怕走到那明媚的陽光下去。

「就這樣，我回去探聽情況，等你到了再聯絡我，掛了。」

手機裡傳來最後一句話，林深聽到對方匆匆掛斷，只留下一片嘟嘟聲。

此時此刻，他正坐在前往首都的火車上。在轉了一輛長途客運，一次短途客運後，他趕到離小鎮最近的有火車站的城市，正式踏上前往赫颯所在都市的旅程。

在出發前，林深拒絕了于越載他一程的邀請。在對方奇怪的視線下，選擇了這種複雜又麻煩的方式。如果當時坐上于越的車離開的話，那麼此刻林深想必已經和他一樣，從舒適的飛機上下來，可以立即去尋找赫颯。

但林深偏偏拒絕了，拒絕了別人好心的、便利的，甚至是免費的飛機之旅，選擇自己坐長途客運、搭火車，沒人知道他是怎麼想的。

於是，在于越抵達首都半天後，才終於接到了林深的電話。

「我已經到了。」林深站在人來人往的火車大廳裡，對著手機道。

「啊，什麼?我聽不清楚，你人在哪?」而此時，于越剛剛得到赫颯被保釋的消息，正在前往赫颯此時住所的路上。

「我說我已經到了……」

「你那邊太吵了，我聽不清楚。」于越有點趕時間，便自顧自地道，「這樣吧，一會十二點，你吃了午飯到東區的凱越門口等我。」

「嘟，嘟嘟——」

林深聽著手機裡再次傳來的忙音，抬頭，環視了一下滿是人頭的火車站。

人，左邊是人，右邊是人，前面是人，後面是人，就連上面下面也都是人。這輩子第一次見到這麼多人的林深茫然了，他不知道在人口這麼密集的地方，究竟要去哪找于越所說的凱越。

幸好，林深的智商還是正常的，他找到了火車站報亭的一位老先生。

「請問凱越要怎麼走？」

「啊？你說什麼，我聽不清？」老大爺大聲回問。

「我想知道東區的凱越怎麼走？」

「啊——？什麼？」

「凱……」

「哦，凱越是吧。」老人家終於聽懂了，笑咪咪道，「小伙子你要去凱越啊？東區的？」

林深點了點頭。

老先生接下來就像機關槍般，啪啪啪一口氣不斷道：「那你是要去東區的凱越酒店，凱越電影院，還是凱越廣場啊？小伙子，去哪個凱越啊？」

「……」

「還是說，你要去的是凱越中學？」

怎麼會有這麼多凱越？林深傻眼了，愣神間，肩膀被路人狠狠撞了一下。

「哪來的鄉巴佬，在通道上擋路！」撞到他的人凶巴巴地走了，林深側頭去看時，那人已融入人群，連個人影都無法確認。

火車站人來人往，左邊是人，右邊是人，前面是人，後面是人，上下也都是人。在這樣的人山人海中，林深猶如投入大海的一滴水珠，很快便泯滅不見。

而此時，不經意把人害慘了的于越才突然回過神來。他猛拍一下大腿，驚道：「不對啊，這小子怎麼那麼快？」

綠湖鎮距離首都那可是有十萬八千里，就像他坐飛機趕回來，加上路上坐車去機場的時間，一共花去了八個小時。可林深呢，那傢伙可是坐火車坐客運的啊。轉車再加上在路上的時間，最少也要花個兩天才能到吧？

可現在？于越看了一下時間，頓時驚悚了。竟然離他下飛機只差了十個小時！這代表什麼？代表這十八個小時內，林深是馬不停蹄地在換車、轉車，一到地點就立刻換乘離開，連一分鐘都沒浪費。

人可不是機器，就算是機器也要時不時抹抹潤滑油什麼的，這個林深是把自己當成鋼彈了？于越越想越不對勁，連忙想再打電話回去，叫林深先找個地方休息一下。別赫颯還沒出事林深就先暈倒了，那自己一定會被赫颯整得吃不完兜著走。

可于越剛掏出手機撥通，下一秒，就欲哭無淚地掛斷。

「您撥打的電話暫時無法接聽，請在……」

林深的手機關機了！怎麼偏偏在這個時候？

不過至少林深應該知道要到凱越來找人吧，自己之前在電話裡說了是凱越……凱越什麼來著？糟了！于越暗道，忘記告訴林深是在哪個凱越了！

光東區就有五六個叫凱越的地方，你讓一個初出深山的人去哪裡找啊！

「先生，你的目的地到了。」

計程車司機突然停下車，對後座的于越道。

于越看著窗外高聳入雲的酒店大樓，赫颯就住在這裡面的某間房，這是他剛剛欣喜不已地得到的消息。可是現在，于越恨不得找個地洞鑽進去，一點都不想上去看赫颯。

于越一邊下車一邊苦笑。

怎麼，難道要讓他對赫颯說，我一不小心把你家老闆弄丟了？哈哈，哈哈哈……

一點都不好笑，于越淚奔。

「你怎麼不把自己弄丟啊！」

不出所料，于越一進門就遭到赫颯劈頭蓋臉地斥責。

剛剛從看守所出來的赫颯明顯營養不良，此時躺在軟綿綿的床和羽絨被之間，開著二十四度的冷氣，有氣無力地罵著。沒說幾句話，他就覺得一陣頭疼，伸出手揉了揉太陽穴。

「真是怕什麼來什麼。」赫颯苦惱地揉著隱隱疼痛的腦袋，「你怎麼能讓他過來？這件事本來就不該讓他參與。」

于越見赫颯難得露出一副憔悴的模樣，痛罵聲也沒有想像中的風雨交加，倒是有些擔心。

「他要來誰攔得住？倒是你自己，怎麼幾天不見就搞成這副模樣，去看醫生了嗎？」

赫颯點了點頭，沒有說話。看醫生也沒用，他這是心病，除非能擺脫日日夜夜糾纏他的惡夢和幻覺，否則精神狀態只會惡化下去。

「先去找人吧。」赫颯嘆氣，有些憂心，「林深第一次出遠門，又是到大城市，我還真擔心他會被人拐去賣掉。其他事先別管，先找到他再說。」

于越想說就林深的性格和能力，別說被人拐去賣掉，別人不被他壓榨就不錯了。有這麼一種人，無論在哪裡他都能如魚得水地生活，赫諷是，林深也是，當然他們適應的方式略有不同。

赫諷是可以完美地適應任何環境，而林深，他則是能在任何環境中迅速找到讓自己生存下去的辦法。看起來類似，其實有很大的不同。

「好吧，我會讓人去幫忙找，只希望他不要四處亂跑。」于越還是點頭應下，「那你呢？下個禮拜就要開庭了，你有什麼打算嗎？」

「有啊，吃好喝好，然後到時候衣冠整齊地去開庭。」赫諷回道。

「跟你說認真的，你就沒有其他計畫？」

「計畫？現在我被二十四小時監視，一舉一動都在別人眼皮底下，你想讓我計畫什麼？」赫諷反問，「還是說大鬧一場被他們逮住，加重自己的罪名？」

「你……赫諷，」于越一臉慎重道，「你該不會打算就這麼認罪吧，這可是謀殺，就算你想認罪，你家裡人會同意嗎？」

赫諷淡淡道：「他們已經不會再干涉了。」

「你家人不管你了？怎麼可能！」

「怎麼不可能？」赫諷自嘲一笑，「因為現在這件事已經不算是外患，而是內憂。他們不會管我和那傢伙鬥成什麼樣，無論誰死誰活，只要有一個人能贏到最後，他們就會滿意。」

于越心驚，「什麼意思，赫諷？」

赫諷有些累了，揮了揮手，疲憊地說：「讓我休息一下吧，阿越。」

于越看了他一眼，然後默默退出房間。赫諷躺在床上看著天花板，心裡突然湧上一陣說不盡的倦意。他閉上了眼，什麼都不去想，然而在墮入黑暗的前一刻，一道人影卻從他腦海中一閃而過。

那是，林深……

為什麼會在這個時候想到他呢？

赫飒迷迷糊糊地，陷入了睡夢中。

林深推開車門，下了車。

計程車的司機探出頭來對他說：「小兄弟，這就是凱越廣場了，你往前走一些，就能看到凱越電影院，過一條馬路右轉就是凱越酒店，然後旁邊是……總之，這幾家凱越都在這附近，你要找人的話總是能找到的。」

林深對他道謝。司機哈哈笑一聲，揮了揮手，開車走遠。而林深卻還在感受著剛才司機對自己露出的笑容，真摯的、熱忱的、不帶假意的笑容。

來到這座城市後，林深和人相處倒是變得自然起來，這裡沒有知道他過去的人，沒有忌諱他不祥的人，比起綠湖鎮，這座大都市的人反倒讓林深覺得輕鬆。

不過有時候他也會覺得少了些什麼，是什麼呢？

林深一邊想，一邊將手插進褲袋，向前面的廣場走去。

廣場周邊的花壇裡種植著綠化植物，被精心雕琢成各種形狀，花草樹木，按照特定的比例排列著，一切看起來整齊又順眼，似乎該說是美麗的。林深走進廣場中心，這裡的人比外圍多了很多，有散步的，有健身運動的，也有來卿卿我我的。

一眼掃過一對情侶，又掃過一對國中生小情侶，再掃過一對手牽手蹦蹦跳跳過去的男女小學生。林深沉默了，他發現自己似乎不該一個人跑到這來。于越說的會面地點應該也不是這種人多口雜的地方，他轉身就要離開。

然而就在側身的剎那，眼角掃過某物。林深的腳步頓了頓，隨即往那個讓他在意的事物走去。

他走到廣場一個偏僻的小角落，在那裡的一棵小樹下，插著幾根快要燃盡的線香，地上已經堆積了厚厚的一層香灰。

有人在這種地方點香？看起來也有一段時間了。

林深抬頭四處張望了一下，一無所獲。這是某個人無聊的小玩笑？還是某位信徒虔誠的供奉？暫無所獲後，他正準備離開，卻在看到香灰中的一樣小東西後，又停了下來。

林深蹲下身，小心翼翼地撥開香灰，從裡面挖出了一枚小小的石子。乍一看似乎沒什麼特殊之處，但是這枚石子表面卻有著像是經脈一樣的紅紋，看起來有幾分低調的美感。

林深認識這塊石頭。過去二十多年來，他在家鄉的溪水中無數次見過這種石子，這是被綠湖森林特有的水質和礦物侵蝕出的別樣美麗。

那麼，這是一枚來自綠湖森林的石子嗎？如果是的話，是什麼人，出於什麼目的把它帶到這來？這枚綠湖森林的石子出現在千里之外的大都市，總覺得不是巧合。

將石子握在手心，林深站起身，知道自己不小心觸碰到了某個祕密，一個很可能至關重要的祕密。

石子的血色紋路在夕陽下反射出耀眼的光芒，有一種奪目的美麗。

「哇，這是什麼石頭？寶石嗎？」

女孩張大眼，目瞪口呆地看著那塊反射著美麗光芒的石子，驚呼。

赫野笑了笑，將石子拋出，又接住。

「這可不是什麼寶石，普通的石頭而已。」

「可它真的好看。」

「妳喜歡？」

赫野將石頭扔過去，涂高高手忙腳亂地接住。

「小心！別亂丟，要是碎了怎麼辦？」女孩話剛說完，就意識到自己犯蠢了，石子怎麼會碎呢？她真把這塊石頭當成寶石了。

「是啊。」

赫野笑吟吟地看著她，「送給妳吧，反正我留著也沒用。」

涂高高小心翼翼地摸著石子，「真的要送我嗎？」

「但是你既然把它帶在身邊，代表它對你來說還是有意義的吧，就這麼隨意送出去好嗎？」

「意義？」赫野歪頭想了想，「非要說什麼意義的話，它最多算是一個紀念，大難不死的紀念物。是死神賜予我的禮物，所以妳可要好好珍惜。」

女孩不相信，「你在亂說什麼鬼話？就知道唬人。」

赫野搖頭，他這次可真的沒有騙人。

因為這塊石子，是他從昏迷中清醒後第一眼看到的東西。在剛剛清晰的意識中，這血紅紋路似乎在暗示著什麼，就那樣出現在他的視野中。當時的赫野一眼就相中了這塊石子，並且告訴自己，這是老天給他的一個暗示。

在剝奪了他死亡的資格後，老天爺為他開啟了另一扇門。

一個人的生命只有一次，想要體驗死亡的價值，每人都只有一次機會。這樣多可惜，赫野想，僅僅用了一次就再也沒有機會了，也不會知道之後的發展，豈不是很遺憾？

但是，雖然每個人的性命都只有一次，但是世界上有無數想要尋死的人，他們的死亡疊加起來就是無盡的。每一個人，都可以體驗一次死亡，那無數的人，就是無數次的死亡。這是多麼美妙的一件事，即使不用親自嘗試，也可以透過別人的生命去試驗。

這就是赫野尋找到的新方法，可以讓他有更多的機會，去尋找生命的真諦。

涂高高握著石子，看見赫野嘴邊的笑容，突然覺得有些害怕起來。這個願意和自己說話的傢伙，雖然大部分的時候都很溫和，但有時候會露出讓她害怕的表情。

涂高高不懂自己為什麼要害怕，然而即使這樣，她也控制不住地想接近這個人。這個唯一願意聽自己傾訴的人。

赫野看了看身邊的小姑娘，露出一個溫柔的笑，「怎麼，還不回家嗎？」

「不想回家。」涂高高道。

「和家人吵架了？」

涂高高撇撇嘴，開始對赫野滔滔不絕地訴起苦來。少女平凡而苦悶的心事，對周圍環境的厭煩，以及一些其他憤世嫉俗的想法。赫野耐心地聽著，在這些看似無聊枯燥的傾訴中，聽出了一絲趣味。

一種隱藏於日常之下的，蠢蠢欲動的黑暗。與少女活潑青春的外表正相反，那是帶著些許死氣的味道。彷彿在這個青春靚麗的軀殼之下，掩藏著一個即將走向死亡的腐朽靈魂。

多麼鮮明，多麼美妙，多麼令人震顫的對比。

赫野在涂高高看不見的地方微微收緊了左手，以克制自己的激動。對於死亡的興奮讓他有些按捺不住了。

慢慢來，這只是一個開始。赫野在心裡告訴自己，從今以後，他要在一條全新的道路上追逐、享受死亡。

看著身邊的女孩，赫野綻放出讓人如沐春風的笑容。

一切才剛剛開始。

石子上，那血脈一般的紋路擴張開來，向無盡的虛空中延伸、擴散。

在陽光的直射下，石子近乎透明。

可以看見在那小小的軀殼內的細緻紋路，那些血紅的花紋每一道每一絲的路線，都精緻地展現在眼前，像一張縱橫鋪開的大網。而在這張網後，可以看見細碎的陽光隱藏在其間，似是被捕獲住的光之精靈，掙扎著逃不開。

涂高高把玩著手中這枚小石子，頗有興致地觀察著它在陽光下的每一絲變化。當赫野走過來的時候，她似乎早有預料般地開口問。

「喂，你說這塊石頭，是不是也有著生命？」

生命？

赫野看著她手中的石子，「也許吧，為什麼妳會這麼想？」

「因為你看，它身體內也有血脈。」女孩指著石子上的紅紋，「它也是有肉體的，只不過和我們的不一樣而已，說不定這就是另一種生命存在的形式呢。石質的肉體，細紋的血脈，一個不能說話不能動彈的生命，多可憐，比我還可憐。」

看著女孩陷入臆想，赫野的眸色閃了閃。

「今天又有不開心的事了？」

「不開心？」涂高高冷哼一聲，「我都快忘記開心是什麼感覺了。你說，那些人有什麼意思呢？」

赫野沒有回答，因為他知道女孩需要的是傾訴，而不是答案。

「今天她們把我的書丟到廁所了，好像以為這樣我就會走投無路一樣，笑死人！男生也很無聊，有人明明喜歡我，卻在別人面前裝作冷眼旁觀，最後只敢背著人偷偷幫我。每天都是這樣，他們卻以為很有趣。」

涂高高的學校生活不快樂，作為每間學校都有的不合群者，她被排擠，被欺負，然而她卻沒有顯露出害怕和弱勢。這讓欺負她的人更加變本加厲，似乎如果不能讓這個女孩示弱，就反而是他們在害怕一樣。

「這些無聊的人，他們活著有什麼意思？」

這幾個字，女孩是輕輕說出口的，似乎只是一個隨意的抱怨，但赫野卻看到她眼中，在說出那句話時一閃而逝的幽暗，就像潛伏在水下的巨蟒，不知什麼時候就會來奪取性命。

赫野站在女孩的身後，玩味地打量著她。

一個年輕的、鮮活的生命，受困在無形的牢籠裡無法呼吸。她的意志與別人不同，性格也不甘心受束縛，與這個乏味單調的社會格格不入。對別人來說可以忍耐的事情，她完全無法忍受。普通人覺得有趣的事，在她眼中只是無聊的遊戲。

也因此，她的特立獨行，讓她與周圍的人鮮明地區分開來。

涂高高，她的性格張揚到不像一個女孩，若說旁人都是黑與白，那她就是那一抹彩色。但有時候，這抹彩色的存在會格外痛苦。她痛苦，她身邊的人也一樣。

當這個世界上所有人都墨守成規，遵從潛規則的時候，一個激進張揚的人的存在就是不合時宜的。不是她適應社會改變自己，就是社會磨滅她。

會是哪一種呢？赫野心裡隱隱有些期待。

「我一點也不開心。」涂高高旋轉著手中的石子，看著它在手心翻轉、顛倒，折射出陽光美麗的色彩。

「活著有什麼意思？」

年輕的女孩喃喃道，不知是在問誰。然而在她身後的那個男人，卻悄悄勾起了唇。

活著的意義，這個答案誰來告訴他呢？

嘶啦——！

一把拉開窗簾，陽光爭先恐後地鑽入，照亮了原本陰暗的室內。

赫颯撐著窗，感受著輕撫著身體的溫暖陽光，背後卻是溼透一片，他還沒能從那個惡夢中擺脫。即便是此刻，身處一片明媚的日光中，籠罩在他心頭的依舊是揮之不去的陰影。

那個死去的女人真是陰魂不散，夜夜闖入他的夢中，就連白天也不放過。似乎就是想印證她的話，她不會讓赫颯忘記自己。

深呼吸一口氣，赫颯感受到鑽入胸腔的清涼空氣，緊繃的神經稍微放鬆了些。他知道自己的情況有些不對勁，但是卻無法調整過來，這是一道無法跨越過去的溝壑，那個人的死亡對於他來說就是如此。

赫颯開始恐懼，不是恐懼死亡，而是恐懼自己開始悄然變化的心理。

「真是……」無力地把額頭頂在窗戶玻璃上，赫颯長長嘆了一口氣，「每天被關在這裡，我都快被逼瘋了。」

獨處時安靜的空間，總是讓他不斷回想起那個夜晚。相比起來，之前在山上的時候就沒有這麼困擾。因為在那裡，他要忙碌各式各樣的事情，應付別人的生死都來不及了，哪有時間操心自己。更因為，那時候還有林深在身邊。

林深就像是一劑鎮定劑，赫颯發現有他在身邊的時候，自己總能沉靜下來，不會那麼浮躁。這是為什麼呢？是因為林深身上獨特的氣質，讓人覺得格外安心？

不過說起來，林深那傢伙這次迷路究竟是跑到哪去了，于越找到他了嗎？赫颯想起正事，看著天邊已經快要垂下去的夕陽。他午睡了幾個小時，現在已經傍晚了，林深在這座大都市迷路，也已經過了數個小時了，他不會出什麼意外吧？

比如在路邊被人口販子隨便搭訕幾句，就被人賣去礦坑做苦力之類的。這個危險的社會可不像森林裡那麼純天然無公害啊。林深一定會犯蠢，對，就像現在樓下那個傻小子。赫諷的眼角往樓下瞥去。

樓下有個看起來就很好騙的男人，正被在門口蹲點的皮條客拉住、纏著不放了。哈哈，笨啊，不知道去叫警衛……嗯，咦！那個笨蛋怎麼看起來好像有幾分眼熟！

赫諷的手緊按在玻璃上，待看清那個被纏上的倒楣鬼的面容後，下巴都要驚掉下來了。

「靠，不會吧！」

他連忙推開窗戶，扯起喉嚨準備大吼。

而此時，被一個奇怪男人纏上的林深，正不知道怎麼擺脫。

「喂，下面那個——！」

他突然聽見從頭頂傳來的一聲大吼。

「你是笨蛋嗎，別被人賣了還幫忙數錢啊！」

聽見熟悉的聲音，林深抬起頭。只見樓上某個打開的窗戶內探出一顆腦袋，那人看著他傻傻笑著，夕陽映在他的臉側，好像抹上了一層微醺的光暈。

無論什麼時候，那雙眼睛都是炯炯有神的，似乎亮過世上最美麗的寶石。微彎起的唇角，也總是勾起挑人心弦的弧度，渾然不覺自己正散發著引誘人的荷爾蒙。

赫諷。

林深眼中的光一下子沉澱下來，就像是漂泊已久的船隻終於找到了港灣。

他緊緊凝視著那個探出窗外的人，彷彿要將這幾天錯過的份都補看回來。而赫諷，在迎上林深那灼熱的視線後，也是不自覺地與之纏繞在一起。兩人出神地對望著，完全無視了周圍其他人的存在。

而那個被無視的皮條客，無趣地摸摸鼻子走了，「搞什麼，原來是基佬，浪費我的時間。」

幸好林深沒有聽見這句話，不過就算聽見了，說不定也只會點頭贊成。

沒錯，他就是喜歡男人，不，是喜歡赫颯。這一點，在今天，在此時此刻，看到那個探出來望著自己的人的時候，他終於確定了。

林深摸了摸自己的心臟，感受著它從急速跳動到緩緩平復。原本一直懸掛著的心，在看到安然無恙的赫颯時才徹底放鬆下來。這種如獲大赦的心情，不是喜歡，又能是什麼？

一分鐘後，赫颯才終於意識到，這樣傻兮兮地從樓上探頭去和另一個男人對望，是一件多麼引人注目、惹人遐想的事情。他趕緊從窗外縮了回來，懊惱了一番自己的舉動後，便吩咐前臺將林深帶到自己房間。

在林深被帶來之前，他一直在房間內轉來轉去，像隻無頭蒼蠅，直到聽見一聲敲門聲。他猛地僵了僵，隨即咳嗽了一下，道：「進來吧。」

先進來的是酒店的服務生，他對赫颯點頭示意後讓出一步，讓身後的林深進門，隨後便很識趣地離開，為兩人留下獨處的空間。

只剩兩人的房間，一時間有種異樣的寂靜。

「嗯，那個，你吃飯了沒？」

赫颯剛問完就想打自己的嘴巴，怎麼問這麼無聊的問題。只是幾天不見，再見到林深時，他竟然有些無所適從。

「沒有。」

「哦，沒……什麼，沒有？」赫諷回頭，看向站在門口的林深，只覺得這個男人幾天不見，似乎又有了些變化。

不過現在不是管那些的時候了，赫諷瞧了瞧時間，四點十分。這個時間……

「你還沒吃午飯？」

林深點了點頭，該吃午飯的時候，他正在街上迷著路。

「那早飯呢？」

林深搖搖頭。

竟然今天整天都沒有吃東西，赫諷有些生氣了，「你是想餓死自己嗎，幹嘛不吃？」

林深認真地想了想，回答：「不知道為什麼，只是沒有胃口。」

聽見他這句話，赫諷突然有了不好的預感。

「等等，你不要告訴我……你、你昨天也沒有吃飯？」

看見林深不假思索地點頭，赫諷氣急敗壞地問：「老實交代，最後一次吃飯是什麼時候？」

林深側著頭想了想，在腦袋裡搜索自己進食的記憶。好像最近一次，是那次和赫諷下山之前吧，之後他就沒有自己曾經進食的印象，這幾天也都沒有想起來。見赫諷臉色不好，像是要發怒，林深連忙補救道：「沒什麼，反正我也不餓。」

赫諷聞言冷笑。

「哼，等你餓死了，你才是想餓也餓不到了！站著，不准動！」他怒瞪了林深一眼，飛快地跑到電話旁，打電話讓客房服務送一些吃的過來，陸陸續續地點了很多。

林深聽話地站在一旁，看著赫諷為自己忙碌，聽他一項項地點餐，這幾天一直沒有動靜的肚子，竟然開始覺得有些餓了。

應該是看到了赫颯，所以才有了食欲。林深冷靜地分析了一下自己，深以為然。順便，這幾天一直沒闔過眼，現在也有了睡意。不過他可不敢再把自己幾天沒睡的事情告訴赫颯，不然還不知道會是什麼下場。

打完電話，看著林深罰站似地站在一邊，赫颯無奈地揮了揮手。

「好了好了，過來坐吧。」

林深十分不客氣地走過去，一屁股就在赫颯身旁坐下。感覺到屁股下的床墊又往下沉了沉，赫颯抬頭，看著林深。

終於，問出了他早就想問的話。

「為什麼要來找我？」

林深靜靜地看著他，想起那天赫颯被帶走的時候，那拚命示意、叫自己不要衝過去的眼神，也想起了今天才徹底清楚的心意。一時間，種種心緒——加上終於能看見赫颯的安心感——一齊襲上了他的心頭。

於是當林深開口回答時，在睏倦、饑餓，以及心安後的放鬆等等的諸多影響下，一不注意就跑出了另一個答案。

「因為我想吃你。」

咕——

十分配合地，肚子的叫聲也同時響起。

「吃、吃……吃……」赫颯跳起來，手指著林深不停地顫抖，「你……」

敲門聲恰巧在此時響起，未關緊的門外傳來服務生的聲音。

「先生，您點的餐到了。」

這一句話打破了屋內開始變得曖昧不明的氣氛，赫颯快步上前拉開門，在服務生小弟還愣著的時候，把餐車一把拉了進來。

「吃你的吧！」

他將一瓶水扔給林深，然後轉身對還在發呆的小弟道：「抱歉，麻煩你了，謝謝。」隨手掏出小費塞給服務生小弟，赫諷關上門，在門前站了好久。

他感覺到自己手心有些細汗冒出，臉上一陣火熱，好不容易等心情平復了之後，他才轉身，一眼就看到——

林深那傢伙捧著一個盤子吃著，頭都快埋進去了。忍了忍額角跳動的青筋，赫諷抱臂看著林深。

「你剛才說想吃什麼來著？」他暗自摩拳擦掌，心想要是林深再說一些故意引人誤會的話，就一拳揍過去，絕對不留情面。他赫諷是隨便誰都可以調戲的嗎？

林深抬頭看了他一眼，繼續捧著手裡的盤子。

「吃飯。」

同時，在赫諷看不到的角度，他的唇角掀起一抹細微的愉悅弧度。赫諷耳尖的那一點點紅，他可沒有漏看。

之前那句話究竟是一時口誤，還是林深故意說錯？赫諷仔細打量了那個正在進食的森林野人好幾眼，也沒有看出什麼端倪，只好放棄。

「我說你大老遠地跑來找我，雖然我很感動你對員工的情誼啦。」赫諷嘆氣，坐到林深身旁，「可是你來了又能幫上什麼忙呢？這裡的規矩和綠湖森林完全不同，你肯定不能適應。」

「不同？」林深抬起頭來，「有什麼不同嗎？」

「你……」赫諷剛想說些什麼，卻突然愣住了。在森林裡，猛獸吞食弱小，飛鳥捕捉昆蟲，一切都依照著弱肉強食的自然守則。而在都市，不是一樣實行著這個叢林法則嗎？只不過在這裡，強弱的分界是權力與金錢。

「總、總之你以為來到這裡你還是綠湖森林的山大王嗎？」赫諷瞪他，「到了這裡，你就是被壓榨的最底層，一不注意，什麼時候被人整死都不知道，還有工夫擔心我？」

林深思考了一會，這麼回答：「我不只是為了你才來的。」

「啊？什麼？」

「到這裡來，我也是有一件想解決的事情，而且我……」也很想親眼看到你安然無恙，這句話林深壓在心裡，沒有說出來。

他繼續道：「我仔細想過，這大半年來發生的所有事情，還有你的事情，都和一個人脫不了關係。雖然不知道他的目的究竟是什麼，但是我想要和他徹底做個了結。」他看著赫諷的雙眸，「和赫野。」

聽見這句話，赫諷並沒有表現出動搖，看來他也早就清楚，包括自己的事情在內，這一系列狀況都有赫野的功勞。有太多的巧合，最後所有的疑點都集中到一個人身上。

赫野，從一開始的自殺網站，到後來那些被他陸續派來的人，都顯示他在針對林深和綠湖森林，而現在更是把赫諷都拖下水了。赫諷毫不懷疑，自己惹上的這樁人命官司，和赫野也脫不了關係。

他回望著林深的雙眸，那雙眼睛裡只有執著，根本看不到放棄。

赫諷無奈，深深地覺得無力。

「就是因為和他有關，我才更加不希望你來啊，笨蛋……」他向後一倒，整個人都埋入柔軟的床墊裡。

林深放下盤子，坐在一邊看著，只看見赫諷柔軟的髮絲壓在床墊上微微翹起，不由得有一種撫摸的衝動。

「你應該知道他是我哥哥吧。」

在此時，躺在床上的赫颯突然開口。

「嗯。」

「那麼你知道，為什麼之前二十幾年我一直都沒有見過他嗎？」

林深沒有回答，他在等待赫颯自己說下去。

「我們家……說起來我們家的人啊，大概腦筋都有點不正常，明明是一對兄弟，卻要分開養，明明是家人，卻一點都不關心彼此。」赫颯的聲音埋在被子裡，聽起來有些悶悶的。

「我不知道赫野那傢伙是怎麼長大的。不過，我小時候的生活，現在想起來都能把人逼瘋，他們從來就沒有把我當成孩子看待，總是要我遵守一堆規則。如果有比賽，哪怕是和別的孩子比賽折紙鶴，都絕對不允許輸。贏是應該的，不會得到表揚，而一旦失敗，就會被周圍的所有人懷疑是不是廢物。」

「哈，這大概就是家裡長輩太出色帶給我們後輩的壓力。」赫颯聽起來在笑，聲音裡卻一點開心的感覺都沒有。

林深想起了當年在溪邊，赫野曾對自己說過的話。

無論做什麼，都無法得到別人的認可，無論做什麼，別人都認為你的成功是理所當然，他們看到的根本不是你，而是一個有用的工具。

在這樣的環境下長大，這兩兄弟的性格不扭曲才奇怪。說起來，赫颯的性格究竟有沒有扭曲？

林深的注意力稍微有些偏移的時候，赫颯又再次開口了。

「所以你要知道，在這種環境下將兩個兒子分開撫養，這個家庭的撫養人絕對沒安什麼好心。」

「什麼意思？」

「你還不懂嗎？」赫諷從床上抬起頭來，看著林深，眼中帶著一絲冷冽，看得林深一愣，「這是將兩隻老虎關在不同的牢籠裡，然後到了某一時刻，讓牠們互相決鬥，勝出的那個才能稱王稱霸。」

「我也是幾年前才想明白的，但是那時候赫野失蹤了，也就漸漸地沒有人提起這件事。不過現在他又回來了，還拿我開刀，這不是宣戰是什麼？」赫諷道，「也正因為明白是他動的手，所以這次家裡不會再有人幫我了。」

原本壓下去的案子被突然翻出來，明明有能力幫助，卻放任不管，讓這兩人自己去鬥。

「無論最後我和他是誰贏了，他們都會很開心。」赫諷自嘲地笑，「因為他們知道，更優秀的那個存活下來了。」

比任何規則都更加殘忍的叢林法則，只有強者才能生存。

林深看著這樣的赫諷，想起在山上時他似乎總是無所不能，每一樣新的技藝都能很快學會。當時只覺得他天賦異稟，現在想來，在那樣的環境下長大，如果赫諷做不到這一點，恐怕根本就不會有今天。

這麼想著，心裡湧上一股憤怒。說不清是對赫野，還是對這兩兄弟的家人。

「聽我說了這麼多，現在你也該明白了。這件事根本沒有人能插手，你來也沒有用，只會被連累。」赫諷猛地翻身坐起，抓了抓腦袋，不去看林深，「明白了就回去吧，山上可不能少了守林人。」

「……」

怎麼沒有動靜？

赫諷正奇怪，突然感覺到一雙手搭在自己肩上，他被林深用力地扳過身去。

「我幫你贏。」

什、什麼？

赫諷被林深的一雙眼奪走呼吸，那雙總是沉靜淡然的雙眸，此時好像在燃燒，有看不見的火焰隱藏其中。

「我幫你贏了赫野，然後你跟我一起回去。」

「回、回去做什麼？」

林深的表情是前所未有的認真，被這樣看著的赫諷，突然覺得一陣慌張。

「如你所說，山上不能少了守林人。所以你也不能離開，我們的合約還沒有到期。」

他們當時簽下雇傭合約的時候，有約定期限嗎？這邊赫諷還在想著，林深已經悄然鬆開了他的手，站起身，在口袋裡掏著什麼。

看到林深拿出一枚小小的石子放在自己眼前，赫諷困惑了。

「這是什麼？」

「一個祕密。」林深說，「還沒有解開的謎。」

說著，他把石子放在桌上，用手旋轉起來。那近半透明的石質，在夕陽下反射出不一樣的色彩，折射出的光芒映在白色牆壁上，夢幻，迷離。

有一些不真實。

它被磨得光滑圓潤，似乎曾經被人無數次放在手心愛撫，視若珍寶。而曾經如此珍視它的那個人，現在又在哪裡？是已經化為記憶的飛煙，還是消逝在茫茫人海中？

誰會知道？

窗外，夕陽殘留最後一抹色彩，苦苦掙扎不願離開。

而在那被人忽視的廣場一角，突然落下一道人影，籠罩在那堆香灰上方。此時，線香已燃盡，只留下一縷青煙徐徐飄向天空。

來人看著被挖掘過的香灰，猜到裡面那件丟失的東西，突然輕笑起來。

他露出好看的笑容，微瞇起的雙眼裡，卻透著讓人害怕的情感。

「好戲開場了。」

第五十五章　凶手（三）

涂高高是一個很奇怪的女孩，非常奇怪。

有人說她孤僻，有人說她太過自以為是，也有人說她是一個得不到糖的小孩，索性就將糖罐摔碎。但是在所有人眼裡，有一點是共同的，他們都認為她愚蠢。

在學校，涂高高是格格不入的。她對周圍人排斥自己的不以為然，一點都沒有掩飾，這樣反倒激起了更多的敵意。

要說為什麼討厭涂高高，最開始的原因已經沒有人記得了。只是隨著流言越傳越廣，傳出了很多關於她的風言風語，漸漸地，涂高高在學校裡就成了最不受歡迎的那一類人。

學生是個有些天真的群體，他們討厭一個人不需要太多理由，只要一個謠言，一句話，對方一個讓你看不順眼的舉動即可。

而涂高高，就成了這樣的眾矢之的，或者說，成了校園生活的犧牲品——每間學校都必須要有一個風雲人物，同樣，也總得有一個被眾人踩在腳下的墊腳石。她就是這塊墊腳石。

同班同學的無視，教師的漠視，陌生人的冷漠，涂高高都已經習以為然了。甚至在心裡，她將這些人的舉動全部當作笑話看待，有時候也會拿來自娛自樂一番。

然而，有這樣的一個人，涂高高卻無法無視，也總是忍不住去注意。

那是某次的體育課，她被同組的女生「不小心」用球砸到臉，聽著對方陰陽怪氣的致歉聲，涂高高朝對方一呲牙，伸手擦掉臉上的灰，完全不顧周圍人難看的表情，逕自走開了，將那虛偽的道歉也拋之腦後。

就在她一個人站在角落的水池旁清洗臉上的擦傷時，卻感覺到背後有人走了過來。

「妳不該那樣無視他們。」

涂高高抬起頭，看到站在附近的一個男生，他叫什麼名字她一時想不起來，只依稀覺得眼熟，應該是班上的同學。涂高高沒有理會他，這個男生卻自顧自地繼續說著。

「他們那樣對妳，其實妳只需要稍微示弱，那些人的目的達到了，就不會再變本加厲……」

「憑什麼？」

涂高高用力關緊水龍頭，吱呀一聲，最後一滴水從裡面流出。

「我為什麼要犧牲自己去滿足他們的施虐欲、控制欲？他們滿不滿意關我什麼事？」

那男生一愣，「但是妳這樣，不辛苦嗎？」

「辛苦啊。」涂高高理所當然地回道，「我又沒有自閉症，也不是生來就喜歡一個人，但是要叫我去討好他們，我做不到。」

男生皺起好看的眉，「什麼叫討好，這是同學間的友好相處。」

「友好相處？」涂高高看著他，她想起這男生是誰了。學校的優等生，老師眼中的天之驕子，最難得的是，他在學生中也混得很好，真可謂是八面玲瓏。

「像你那樣，無論和誰說話都笑臉相迎，不管心裡願不願意，都要先顧及別人的面子，連自己的心意都顧不了，不累嗎？對討厭的人不敢表現出討厭，對喜歡的人不敢表現出太多喜歡，這樣有什麼意思？」涂高高擦乾臉，感受著臉上擦傷被水淋溼的刺激與痛感，覺得頗有幾分快意。

「過這種生活，到最後，恐怕你連自己會不會痛都不知道了。」

那次簡短的交談就這樣不歡而散，之後，涂高高也沒什麼和那男生繼續交流的機會，因為他們完全是生活在兩個世界的人。可是涂高高偶爾會去觀察那個人。這樣一來，漸漸地，她發現了平常沒有注意到的事情。

在班上的人排擠她的時候，那個男生從來不會參與；當別人討論她的流言蜚語時，他也一副沒興趣的樣子。偶爾，兩人的視線會對撞上，涂高高會朝對方咧開嘴，露出略帶挑釁意味的笑容。而他只能無奈地撇過頭去，涂高高每每都看得大樂。

她察覺出這個男生和其他人不一樣的地方。這個人不會把她當成禍水，不會聽信別人的話對她產生誤解，甚至有時候涂高高想，也許他們可以當朋友。

然而這樣的念頭才剛剛冒出，就被人無情地打碎了。涂高高被班上的女生堵住了，這本來是習以為常的事情，但是那天的氣氛卻有點不一樣。

「涂高高？」為首的一個女生看著她，那目光就像在俯視一隻蠕蟲，「妳最近是不是太自以為是了，搞不清楚自己的分量？」

「有嗎？」涂高高不以為意地笑，「我不覺得啊。」

「就知道嘴賤。」對方冷冷一笑，幾個女生把她圍在教室中間，不留空隙。

「我們不管妳在外面是怎麼勾引男人的，但是這裡是學校，麻煩把妳的騷樣收斂一點，不要隨便勾引人！」

「哎呀真不好意思，我不知道什麼是騷樣，要不然妳示範一下？」涂高高朝對方一笑，「妳一定學得很像。」

「妳——！」

在涂高高還沒反應過來的時候，一個耳光迎面打上來。女生們瘋狂地扭打在一起，涂高高也不甘示弱地回擊，腳踹，拳毆，幾個人扭在一塊，拉頭髮扯衣服，身上青一塊紫一塊。

教室門卻在這時被推開，一個人突然走了進來，所有女生都頓住，那個闖進來的人也顯然有些錯愕。

「妳們……在幹什麼？」說到最後時，語氣變得嚴肅起來。

涂高高看到是這個男生，眼睛一瞬間亮了亮。她想，也許這個人願意幫自己一把。

看到被女生圍在中間的涂高高，那男生明顯也猶豫了一下，似乎在想該如何行動。

「你不要來多管閒事。」為首的女生喊著他的名字，阻止道，「為什麼你老是要袒護她，難道你真的喜歡上她了？」

兩人都是一頓，顯然被某個詞鎮住了。

「你知不知道她是什麼人？她爸爸是個殘廢，她媽媽是骯髒的妓女，她這樣的人，你也敢喜歡！」

「這麼多人，你喜歡誰不好，為什麼偏偏要喜歡涂高高，為什麼是她?!」

「你看上她哪一點了？難道你也和她一樣，其實都在心底瞧不起我們……」女生越說越激動，到最後都有點歇斯底里了。涂高高卻冷靜下來了，她看著那女生，突然明白了她為何會來找自己的碴。其實這也是個可憐的傢伙，不是嗎？

不過她現在不管這些，她看著那個男生，想知道他會怎麼回答。

她想，哪怕他說不喜歡，她也覺得沒什麼，只是想聽到一個答案。然而過了很久，那男生的手漸漸垂到身側。他看著她們，只是說了一句話。

「不要再做這些無聊的事。」說完，這個人就離開了教室，沒有再看涂高高一眼，就像是在避諱著什麼。

那一秒，涂高高聽到心中某樣東西碎裂的聲音。

那天，也許是受到男生離開時留下的一句「無聊」的影響，女生們沒有再為難她。從那以後不知道為什麼，來找她麻煩的人也變少了。但是涂高高卻沒有覺得鬆了口氣，她甚至覺得心裡有些堵得慌。因為那個男生不再看她一眼，不再和她有交流，有好幾次涂高高欲言又止，卻被對方躲開了。

這時候她才明白，這個她認為可以成為朋友的人，雖然他沒有厭惡過她，沒有和別人一起欺負過她，但是他也沒有幫她說過一句話，沒有為她辯解過一句，甚至也從來沒有在公開場合和她有過交流。

他沒有和別人一起厭惡她，但是也沒有接受她。她以為能成為朋友的人，卻只不過是一個躲在人群中，明明清醒卻假裝糊塗的膽小鬼。

從那以後，涂高高在學校裡成了隱形人，沒有人再欺負她，所有人都當她不存在。但是，原本堅強地無視周圍人的欺負、樂天的涂高高，漸漸地卻像變了一個人，她越來越沉默，越來越少說話。她似乎沒有朋友，也不會有朋友，除了……

啪嗒，石子掉落在地。

「喂，赫野！」

時光流轉，涂高高從過去的回憶中回過神來，撿起從手中掉落的小小石子。站在她身後的，是某個認識了一個多月的朋友。

「其實我剛才說有個喜歡我的男生是騙你的，我不知道他喜不喜歡我，但我知道他肯定是個膽小鬼。」

「膽小鬼？」

「明明和我一樣能看出別人的虛情假意，卻還陪他們演戲，只是因為害怕脫離群體。這樣的人不是膽小鬼是什麼？」涂高高扔著手中的石子，看著那血一樣的紋路，「其實後來我找他也不是想追問他什麼，只是想告訴他一件事……」

女孩把石子緊緊握在手心，眼中流露微暗的神采。

爸爸雖然受了傷，但是他每天都不放棄地做復健，想要再站起來。媽媽不是妓女，她總是深夜外出凌晨才回家，是因為便利店的夜班薪水更高，她才能辛苦工作養活家人。

她只是想跟他說清楚這件事。

我不是異類，也不是異端，我的家人沒有那麼不堪。她只是想澄清一個事實，卻被人避之不及，連個機會都不給。

這是為什麼呢？是因為周圍的人都在這麼說她嗎？因為她是別人口裡的壞女孩嗎？因為和她扯上關係，就會被打上異類的標籤嗎？

涂高高心底萌芽的一絲希冀悄然破碎，她突然看清了這個世界。它還是和以前一樣，用膚淺的眼光看待事物，用簡單的外表區分好壞，卻根本不去管在外表之下，還潛藏著什麼。

一個妓女，也許她只是為了養家糊口，她也有深愛的人。

一個乞丐，或許他也有過成功，也曾經有過風光。

一個失敗者，沒有人看見他追逐夢想的心，卻只看到了他的潦倒。

他們嘲笑他的墮落，嘲笑他的不堪，嘲笑他的貧窮，如此理所當然。

這個世界，簡單、粗暴、殘忍，扼殺了多少掙扎著想逃出黑暗的人。

「為什麼會這樣呢？」涂高高自言自語。

赫野看著陷入沉思的涂高高，看著這個原本還十分活潑有朝氣的女孩，漸漸地走向某個深淵。他見證著這個女孩逐漸被這冥頑的社會蠶食的整個過程，此刻，他露出滿意的笑容，像是在等待果實豐收的農人。

「因為就是這樣啊。」赫野回答，「真相會讓人們害怕，開始懷疑。但是簡單地去評價表面的好壞，卻是再輕鬆不過了。」

失敗的人失敗，是因為他野心大，因為他沒用。

墮落的人墮落，是因為他沒有自制力，太過軟弱。

就像自殺的人一樣，人們會去譴責他們的逃避，譴責他們的放棄，嘲笑他們的不堅持，卻沒有人去認真想想——為什麼？為什麼他要自殺？——是什麼？是什麼把他逼迫到不得不放棄生命？

造成這一切的凶手，究竟是誰？

「也許仔細思考後，他們會發現——」赫野微微一笑，「其實每個人都是凶手。」

給予失敗者嘲笑的人是凶手，踩著他們上位的人是凶手，冷漠無視的人是凶手，看熱鬧的人是凶手，不瞭解他們痛苦的人是凶手，故作輕鬆地想著如果是我就一定不會像他這樣的人，也是凶手。

他們就像是站在自殺者樓下的看客，嗑著瓜子聊著天，每個舉動，每一句話，都不斷煽動著屋頂的人。

跳下來吧，跳下來吧，跳下來！

嘭——！

於是最終，什麼都沒有了。一無所有的輕鬆，就是死亡。

那些看客收拾瓜子，拎起椅子，閒聊著離開。或許還會說——看，我就說他會跳下來。然後拍拍手，將自己撇得一乾二淨，認為與自己毫無關係——卻絲毫不知道，就是他們在懸崖邊，給了絕望的人最後一腳。

這世上的自殺其實都不是自殺，而是謀殺。

赫野說完，對著女孩一笑。

「抱歉，一時扯遠了，不過這就是我想說的。」

「你想說的是什麼？」涂高高的眼睛中亮起異樣的光。

「因為妳，現在不是被一大堆『謀殺犯』包圍著嗎？而他們卻一點自覺都沒有，是不是太可惡了？」赫野放低聲音，看著女孩。

「誤解妳的人，無視妳的人，擅自嘲笑妳的人，放棄妳的人，妳不想讓他們明白嗎，妳不想改變些什麼嗎？」

「錯的不是妳，而是這些自以為是的傢伙。」

「還有那個躲避妳的小子，難道妳不想懲罰他一下？」赫野調皮地眨了眨眼睛，「一個讓他絕對無法忘記的懲罰。」

「那我要付出什麼？」

「很簡單。」赫野微笑，「一樣妳與生俱來的東西。」

——生命。

石子在女孩手中反射著光芒，像是她此時眼中的色彩，閃爍著某種詭異的神采。

她問：「我能得到什麼？」

「不多。」赫野道，「一個看清真相的機會。」

——死亡。

生與死之間的界限，死亡帶來的答案。只不過赫野有一點沒有告訴她，這個機會，只有一次，只有活著的人才能看到最後的答案。

他想，我會告訴她的。

如果她的死亡，真的能夠帶來些什麼變化的話。如果她的死亡，真的能夠影響到她周圍的人的話。

他將在那之後，給這無畏的試驗品上一炷香。

死亡，究竟能帶來些什麼？

石子反射著光芒，從以前一直到現在，從之前的人，到現在的人手中。

在新的主人的掌心，繼續散發著血色的光芒。

林深握著這枚石子，翻轉著。

「這裡有一個祕密，我不知道的祕密。」

他的話音剛落，看向赫颯，卻猛地注意到他的臉色有些不對勁。

赫颯的臉是從未有過的蒼白，瞳孔緊縮，似乎看到了什麼極為恐懼的事物。

「赫颯！赫颯，你怎麼了?!」

赫颯完全聽不見林深的聲音，在仔細看清林深拿出的石子的形狀外表後，他的眼睛無法移開。

那血一般的細紋，那半透明的質地，一切都是那麼熟悉，彷彿就還在昨天！

就是昨天那——

「赫颯！」

林深驚訝地扶住突然踉蹌的人，緊緊摟住他。而在他懷裡，赫颯面露痛苦，眼神混亂。

去懲罰那個逃避你的人。一個讓他絕對無法忘記的懲罰。

死亡，究竟會帶來什麼？

也許，是永遠都無法彌補的錯。

「有事？」

他站在陽臺門口，看著那個女孩。

她緊貼著牆壁站著，將身體的重量全部倚靠在牆上，聽見自己的問話後也沒有什麼反應，眼睛直愣愣地看著天空，似乎在思考著什麼。

他站得有些不耐煩了，現在是下課時間，要是在外面待太久，是會被懷疑的。就在此時，那女孩突然低下頭，轉過身看著他。

她這樣側過臉的時候，他才注意到，她似乎瘦了很多，眼睛裡以前那種明亮的光芒也沒有了，變成了一種暗淡的色彩。

這個發現讓他心裡一跳，同時也浮上了淺淺的愧疚。

他知道這是為什麼，以前無論在什麼壓力下都能挺過來的女孩，會變得這麼脆弱，這和他有關。他成為了一個背叛者，背叛了他們之間本可以存在的友誼，本該惺惺相惜的友情。他退縮了，他害怕被周圍的人看成異端。

於是，口氣不自覺地柔軟下來，「妳說有非常重要的事情找我，是什麼？」

女孩看著他，嘴邊綻放出燦爛的笑容。

「本來我確實是有件事想跟你說的，但是現在沒有了，我只是想問你一句話……」她從牆邊站起身，似乎漫不經心地走著，「你曾經要我嘗試著去迎合周圍的人，抱歉，我做不到，但是你呢？」

「壓抑著自己去做一個好學生，好孩子，去做每個人心目中那個完美的人。你究竟累不累？如果有一天你累了，你會不會後悔沒有說過真心的話，沒有交過真心的朋友。會不會到時候，連痛是什麼都感覺不到了？」

女孩的話像是直接戳進他的內心，戳入他的傷口。但是他微微側頭躲避，不敢直視她的眼睛。

「我只能這麼做……」這是逼不得已的，是他的選擇。

「果然是這個答案，他就說過，你會這麼回答。」

女孩輕飄飄的聲音傳來，他猛地一愣。

「妳說什麼——妳！」

這一抬頭，他才發現女孩竟然爬上了陽臺的邊緣，她迎著風口張開雙手，像是一隻展翅欲飛的鳥。

「妳要做什麼！」他想要衝過去，拉下她。

「別過來！當時拋下我走了，現在就不要過來，膽小鬼。」這句話一下子抽乾了他全身的力氣，讓他在原地僵住。

陽臺上的風很大，吹亂女孩鬢邊的頭髮，然而在一頭飄舞的亂髮中，那雙眼睛卻再次變得格外明亮，像是天空的星星般璀璨。

「我受夠了這個要討好別人、要遵守規則才能活下去的世界。」她微笑，「我要去一個更自由的地方，一個讓我也能……」

也能什麼？

他彷彿耳鳴了，耳中只有轟轟的響聲，聽不見她最後的一句話。氣血湧上大腦，在變得近乎黑白無聲的世界裡，他只看見，那個纖細的身影像一隻飛鳥，愉快地展開她的雙翅躍向天空。

然後——是毫不留情地墜落。人類，從來都不是鳥兒。

全身的血液彷彿凝固了，在他變得通紅的視網膜內，只留下最後那道殘影，那道揮之不去的殘影。

直到樓下驟然響起的尖叫聲傳來，他無力地靠在身後冰冷的門上，無法動彈。

那拋下一切飛向天空的身影，一遍遍地徘徊在他腦內，無法抹去，像是一個恨不得遺忘的惡夢。

惡夢……

「喝，呼——！」

猛地從床上坐起來，他驚恐地喘息著，彷彿那個墜落的身影還在眼前。

「不要！！」

手無力地伸出，像是想抓住些什麼，卻徒勞地在空氣中掙扎，什麼都無法抓住，什麼都……

一隻溫暖的手突然伸出來，牢牢地抓緊了他，讓他感受到了屬於人體的溫度。

迷惘的眼神漸漸變得清晰，他看清了坐在身邊的人、那個熟悉的身影。

「林……深？」

「嗯。」林深低低應了聲，抬起另一隻手，摸向他汗溼的額頭，「做了惡夢？」

惡夢，赫諷苦笑，要如果只是惡夢就好了。他是回想起了過去的事情，屬於年少時期，自己犯下的一個無法彌補的錯誤。

「我……」赫諷的眼角又瞥到了那塊放在桌角的石子，它的色彩還是和以前一模一樣。那是事發後的第二天，他收到的一封匿名信中夾著的禮物，信上只有一句話——「**致我們可愛又可憐的膽小鬼。**」

石子上的紅色紋路，總是不斷刺激著他回憶起那一幕，再後來，它就不見了。不知道是被家裡的人給扔了，還是回到它原來的地方。

沒想到，會在這麼多年後再次看見它，在這種時候，它似乎陰魂不散地提醒著赫諷。你是個凶手，是個奪去一個女孩的生存希望的凶手。而現在，他手裡奪走的性命變成了兩條。

「……你是在哪裡找到它的？」

赫諷的聲音有些沙啞，林深循著他的視線望過去，注意到放在桌上的那枚石子。

「偶然。」

「偶然？」

這絕對不是什麼巧合，赫諷苦笑。

林深抓著他的手腕，感受到赫颯此時遠低於常人的體溫，他不放心地探了探他的額頭，輕聲問：「怎麼了？」

赫颯苦惱地搖了搖頭，沒有力氣回答，兩人之間沉默下來。

卻在此時，門被人用力地撞開，有人急匆匆地跑了進來，焦急地喊道：「不好了，大事不妙！赫颯，出事了！」

跑進來的人正是于越，本該在外尋找走丟的林深的他，現在一臉的驚慌失措，就連看見林深在房內都沒空驚訝。

「什麼事？」林深皺眉問。

「他們找、找到了……」于越上氣不接下氣，喘息著道，「今天有人在赫颯房裡找到了，找到了那個！」

究竟是找到了什麼？

「匕首！」于越道，「他們一直沒有發現的，帶著赫颯你的指紋和死者血跡的匕首！」

——凶器！

直指真相的最後證據！

林深感受到握著的赫颯的右手顫抖了一下，他回身，看見赫颯露出迷惘的神情，眼中還透出幾分痛苦。

匕首，石子，過去的一幕幕接踵而來，致命的證物又恰巧在此時出現！時機連接得多麼漂亮！一擊連著一擊的敲打，不留間隙！彷佛一場不停歇的暴風雨，要將他徹底擊碎！

林深緊握住赫颯的右手，不顧于越詫異的目光，伸出手輕輕捂住赫颯的雙眼。

「……林深？」

「不要看，不要想，不要問。」

林深捂住他的眼睛，在赫颯耳邊輕聲道：「這不是你的錯，無論發生什麼，都不是你的錯。」

「但是我……」

「我相信你。」林深打斷他，「不論別人怎麼想，你自己怎麼想，我都相信你。」

林深沉穩有力的聲音，似乎格外有安撫人的魔力，赫颯漸漸安靜下來。他不再驚慌失措，感受著林深壓在自己眼瞼上的手，輕聲道：「謝謝。」

謝謝還有人願意不顧一切地相信自己，願意站在自己這邊。

「好好休息。」林深鬆開手，將一杯水遞給赫颯，「喝完了睡一下吧，你累了。」

「嗯。」

赫颯接過水喝了幾口，躺回床上，不一會就感到一股倦意襲來，他再次沉入睡夢中。

另一邊，于越看見赫颯睡著，驚訝道：「這麼快，他不是失眠嗎？」

「是，所以我剛才在水裡放了些安眠藥，讓他好好睡一覺。」

「安眠藥……」于越嗆到了。那玩意自從醫生開了以後赫颯連碰都沒碰一下，沒想到這次被林深哄著就喝了下去。

「他需要休息，而且有些事情他醒著的時候我也不方便問。」林深放下杯子，「你見過這個嗎？」

他將石子拿給于越看，于越困惑地搖了搖頭。

「這什麼？一枚石子很重要？」

「很重要。」林深鄭重道，「我有件事想拜託你，利用你手中的能力，能不能查出這石子和赫颯之間的聯繫？」

「這要怎麼——」

「應該是幾年前，發生在他身邊的特殊事件，我想這樣你能縮小一下範圍。」

「好吧，我可以試一下。不過現在查這個有什麼用？帶有赫颯指紋的匕首都搜出來了，雖然時機巧合得讓人懷疑，但這無疑是加大了他的嫌疑。我們不管匕首，去調查這枚石子有意義嗎？」

「有。」林深道，「無論是匕首，石子，還是利用這些布置的圈套，都和一個人有關，我要查清他的目的。」

「什麼？」

林深沒有回話，只是握緊石子的手更緊了緊，堅硬的觸感刺入掌心，他卻渾然不覺。

這一切都是赫野設計好的陷阱，自己卻全然不知，竟然就這樣踏進去了。結果顯而易見，赫野得逞了，他成功設計好每一個步驟，甚至連赫颯的精神狀態都計算了進去。

而他們，就這樣無法反擊，只能被動應對嗎？

不，絕對不能就這樣便宜了那個傢伙！赫野有什麼弱點，他的漏洞在哪裡……

林深緊握著手中的石子，突然，像是想起了什麼，眼前一亮。

他找到了，赫野留下的破綻！

第五十六章　凶手（四）

「你是個膽小鬼。從來不懂得表達出自己的真心，從來不敢表達出自己的感情，你到底在害怕什麼？」

坐在陽臺上的女孩從高處俯視著他，眼底是不屑的笑意。

「你在害怕什麼呢？」

畫面一轉。

「你不相信愛嗎？」

一個女人看著他，苦苦哀求。

「我愛你啊，我愛你！我要讓你明白，愛是什麼。」

女人說著，將匕首捅進自己的心口，鮮血濺出，一片血紅模糊了視野！

眼前的畫面再次清晰的時候，只剩下他一個人孤零零地站在一片黑暗之中。沒有聲響，沒有色彩，沒有光芒。只有一句一句、一遍又一遍的質問。

「膽小鬼，膽小鬼。」

「你在害怕什麼，害怕什麼？」

「是你害死了她們，是你殺了她們。」

他痛苦地將頭埋進雙手，想逃避那一聲聲嚴厲的斥責。

「你的軟弱，你的視而不見，你的逃避，害死了她們，你是凶手！」

——凶手！

「我……」避無可避，內心的炙烤，外界的斥責，讓他無所適從。是他的錯嗎？是他的冷漠與忽視，導致了慘劇的發生。如果，如果有什麼方法可以補償的話，就讓他……

「不是你。」

一句輕卻無法忽視的話，在他耳邊響起。

他愣愣地抬起頭，感受到在一片黑暗中亮起了淡淡的光芒。一個人影在白光中浮現，不知為何，這道模糊的身影讓他覺得莫名安心。心中的惶然無措，在此時都被撫平。他看著那道人影，直到那道白影對自己伸出了手。

帶著令人安心的溫度，那隻手握住了自己的，陷入迷惘中的他困惑地看著那道身影。然後，注意到白影中的人輕輕地笑了。

無論別人怎麼看待，我都會相信你。

一句話，徹底撫平了他心中的裂痕。

「你……」他看著對方，卻注意到那抹白影漸漸暗淡，快要消失。

他伸出手想阻攔，焦急之下，情不自禁地喊出對方的名字：「別走，別走！林——」

「林深！」

赫颯倏地睜開眼，看到的是慘白的天花板，還有淺黃的裝潢。

他的眼神恍惚了好久，似乎還無法分清夢境和現實，在夢中那最後消失的身影是……赫颯猛地坐起身，手撐著床沿，大喊：「林深？」

他環顧室內一圈，沒看見半個人影，淡淡的恐慌浮上心頭。

林深那個傢伙，去哪了？現在一秒沒看到他，赫颯的心裡都無法平靜下來。情急之下，他掀開被子就要從床上下來。

「哎呦喂呀，我的大少爺！你能不能安分點！」

端著早飯的于越剛進門，就看見赫颯在床沿搖搖晃晃，連忙放下手中的餐盤跑過去扶住他。

「你的燒還沒退，怎麼能隨便下床？」于越扶住赫颯，忍不住開始抱怨。

「發燒？」赫颯扶了扶自己的額頭，確實感受到一點過高的溫度，「我什麼時候發燒了，我怎麼不知道？」

「昨天傍晚，你睡下去沒多久就開始說胡話，也開始發高燒。請醫生來看了，開了些藥，不過你還是神志不清醒，不停說著夢話，然後林深就一直陪著你到早上。」

「林深……」聽見于越這麼說，赫颯猛地想起來，「那林深人呢，他怎麼不在？」

「他辛辛苦苦陪了你一整晚，你還不准人家去休息啊？他現在回另一間房補眠了。」于越又道，「你可不要再去吵他，好不容易人家能睡個好覺。」

「好吧，等他睡醒了，我去找他。」赫颯坐回床上，神色間還帶著些微的疲憊。

「躺好躺好，燒都沒退，別想著到處亂跑。」于越順勢在他身邊坐下，「還有五天就要出庭了，我可不希望你精神萎靡地上庭。知道嗎？這次可是至關重要，你是想進監獄還是怎樣？」

赫颯沒有回話，似乎對於他提到的事情漠不關心，甚至連自己的安危都沒有放進心裡。于越看著他，心裡嘆息一聲。果然，林深說得沒錯，就赫颯現在的心理狀態，別指望他在出庭時能有好的表現，不直接俯首認罪就算好了！

嘖嘖，還真是一招狠棋啊。于越心裡嘀咕著，又想起了昨晚，赫颯睡著後發生的一系列事情。

那時，兩人在赫颯睡著後，又開始討論起來。

「施蘊秀，涂高高，這兩個人都在接近赫颯後，才出了意外。」根據一些線索，于越很快找到了情報，「而且涂高高是在二〇〇七年出意外的，那時赫颯還在讀高中。」

二〇〇七年，林深在心底默算了一下時間，二〇〇五年赫野出現在綠湖森林然後失蹤了。那是在他失蹤兩年後發生的事情，很有可能，這枚石子就是赫野從綠湖森林中帶出來的。

「關於你說的那枚石子，似乎是在墜落現場發現的遺物之一，但是當時沒有人在意一枚石子，後來不知怎麼就弄丟了。怎麼，這和赫諷有關嗎？」

林深點了點頭，「他認得這枚石子，應該是當年意外發生後有人給他看過了。」

「看過？是誰，員警？涂高高的家人？」

林深搖了搖頭，是赫野，他心裡十分肯定。

「查一查涂高高在出事前，有沒有和什麼陌生人接觸。」

于越的手在鍵盤上又是一陣敲打，「接觸……當時的學生有證言說，事發的前幾個月，涂高高頻繁地和外校的一個陌生男子見面，有時會看到他們在一起說話，但是更多的線索就沒有了。」

「那個陌生男人呢？」

「不見蹤影。」

狡兔三窟嗎？看來是拿涂高高當實驗品後，很快就轉移陣地了。哼，真是手段高超。

「施蘊秀，也就是在赫諷面前掏出心臟而死的那個女子，她在出事前似乎也有跟外人接觸過，不過因為她的工作就是要每天與客戶見面，不能確定那段時間她見面的對象。」于越繼續道，「不過在她出事後，她家人似乎有和某個固定的人物聯繫，我查查……找到了，是——咦？竟然是他。」

林深看著于越螢幕上的那張照片，上面的那個人他竟然也認識，正是前不久困在山上的大學生之一——李東。不過他現在，似乎應該待在精神病院。

涂高高，施蘊秀，李東，這三個本來該毫無關係的人，現在由幾個線索聯繫在了一起。如果能夠證明他們都是受赫野影響或者是指示才來接近赫諷的話，那麼赫諷的嫌疑無疑會減到最輕。

但是，該怎麼證明呢？赫野這麼狡猾的一個人，他設計好了圈套，擺好了棋子，讓人一步步地掉進陷阱，他卻從來沒有親自出面過。即使出面了，也沒有留下可以作證的線索。

要怎麼證明這一切都是某人設計好的、針對赫諷的一個圈套，這是最困難的部分。除非有人能直接出來作證，證明赫野曾經犯過的罪行。

誰能夠做到，誰？

「于越。」林深停頓了一下，突然抬頭看向于越。

突如其來的呼喚讓于越愣了一下，困惑道：「什麼事，你又想到什麼了？」

「我希望你能幫我聯繫上一個人，我沒有他的手機號碼，沒有他的住址，沒有他的其他聯絡方式，但是我知道這個人在時時刻刻監視著我。如果我想和這樣一個人聯繫上，有什麼方法？」

「這個很簡單，只要你在自己的通訊工具上，表露出想要和對方聯繫的意思就可以，只要他真的是在監視你，就會立刻察覺你的意圖。」于越頓住，「你說的這個人是誰？」

林深站起身，側頭望向赫諷還在沉睡的那個房間。

「一個至關重要的人。」

明天早上我出去的事情，不要跟赫諷透露。

無論他怎麼問，都不要告訴他我去見誰、去了哪。

這關係到他的安危，你明白嗎？拜託你了，于越。

「……越，于越！你發什麼呆呢？」

被喊了好幾次，于越才回過神來，從昨晚的記憶回到了現實中。

「啊、啊，你剛才喊我啊，什麼事？」他訕笑著看向赫諷。

「藥吃完了。」赫諷把空杯子遞給他，同時狐疑地看了于越幾眼，「我怎麼覺得你有事瞞著我？」

「哈哈，這當然的了，我對我親生父母都有事瞞著呢，即使你是我哥們，也別指望我對你毫無保留啊。」于越說著，露出了一個大家都懂的笑容，「男人嘛，總是有自己的小祕密的。」

「是嗎？」赫颯不太相信地盯著他看。

「當然是啊，好了好了，你別想那麼多，趕緊再補個眠，趁林深休息的時候你也多休息一會，免得等他醒了又要來照顧你。」

似乎是這句話起了作用，總之赫颯總算乖乖躺回床上，閉眼補眠。

而此時，本該躺在床上休息的林深，卻伴隨著早晨暖暖的陽光，坐在一家餐廳的靠窗座位，等著什麼人。

他時不時地抬頭看一看時間，終於，在時鐘指向八點的那一刻，約定的人出現了。

叮噹唧——掛在門上的鈴鐺發出一串悅耳的聲響，又一名客人走進店內。

林深在聽到聲音的第一秒就抬起了頭，注視著對方。

來人緩緩走到他桌前，看著正襟危坐的林深，徐徐露出一個笑容。

「好久不見，林深，你變了很多。」

這似乎是舊友打招呼的方式，林深卻毫不領情。

「你還是一點也沒變。」

他看著對方深色的眸，深色的髮，還有一如既往的淺昧笑容。

「還是一臉的虛假，赫野。」

同一時間，在酒店內補眠的赫颯似乎怎麼也睡不著，翻來覆去，心裡總有不好的預感。會發生什麼？

將要發生什麼呢？

林深——他猛然從床上坐起身，虎視眈眈地看著被他的舉動嚇一跳的于越。

「怎、怎麼了？」

赫颯的表情可怕，緊盯著于越，壓低聲音道：「你在騙我，于越。」

「什——」

「告訴我，林深究竟去了哪裡?!」

梧桐葉迴旋著從高高的樹枝間飄落，落在地上後卻任人踩踏，完全沒有了原本高高在上的風範。

這一夕間天上地下的處境，似乎有哪裡似曾相識。

叮——

勺子碰撞到瓷質的杯沿，發出清脆悅耳的聲音。男人一邊攪拌著杯中的液體，一邊輕笑道：「我都沒想過，你竟然會主動找我見面。」

坐在他對面的人表情卻不輕鬆，皺著眉。

「我也沒想到，你竟然敢來見我。」

聽見這句話，似乎是覺得可笑，赫野反問：「為什麼不敢？嗯，再怎麼說，現在處在困境的都是你們，而不是我吧。」

在他對座，林深緊繃的神經一刻都沒有放下，聽見赫野的這句話，更是全身的寒毛直豎而起，顯示著主人此刻的心情。

「你很有信心。」林深盯著對面的那個男人，幾年沒有見面，他還是如記憶裡一樣，總帶著令人看不透的笑容，而此時這捉摸不透的笑容更讓人覺得煩躁，「你認為自己已經高枕無憂了，赫野？」

對於這個問題，赫野笑了笑，反問道：「至少現在看來，麻煩不在我這。那你呢？我親愛的弟弟正身處險境，隨時都要面臨牢獄之災，這時候你找我出來約會，沒關係嗎？」

不理會他那故意顯得挑逗的語氣，林深道：「他會陷入麻煩，不都是你設計的陷阱？」

「嗯，似乎是如此。」赫野不以為意地笑，「不過能中我的陷阱，和他自己的性格也有關係吧，我只是推波助瀾了一把。」

好一個推波助瀾，直接將人推進深淵裡了。林深沒有心思再和他廢話，開門見山道：「你的目的是什麼？你沒有必要針對他，究竟要什麼條件你才會放過他？」

「哦，你這是在向我求情嗎？」

見林深沒有回話，赫野輕笑道：「事到如今，也沒有隱瞞的必要了。一開始，我本來並不打算針對我這個可憐的兄弟，你應該知道的吧？我最初只對人的死亡感興趣，而家族裡的競爭什麼的……」他抿了抿唇，露出一個略帶嘲諷的笑容，沒有明說。

「不過後來，一件事讓我改變了想法。」

「什麼？」

「那就是你。」赫野直視著林深，「作為我第一個，不，作為我曾經一同探索死亡祕密的伙伴，你後來卻活得好好的，甚至走上了與我截然相反的道路。這不禁讓我困惑起來，我究竟是哪裡做錯了，缺少了什麼？這個時候，赫諷闖入我的視線。」

「在世人眼中，他衣食富足，無所不有。但是在我眼裡，他卻像當年的我一樣，只不過是一具傀儡。看著這樣苟活著的兄弟，我不禁覺得他實在是太可憐了，便想送他一份禮物。」

赫野回憶起什麼，微笑，「順便實驗一下，他是否會和你一樣擺脫我的誘惑。」

「那他會去綠湖森林……」

「一點點小小的暗示，再加上一些小布置，讓你們相遇其實很容易。」

林深的手指微微跳動了一下，他沒想到就連和赫颯的相遇都是這個男人的謀算。

「之後的事情就如你們所知，我不斷地將一個個實驗品送到你們面前，嘗試著是否能動搖你們，或者是改變什麼。結果，稍微有些失望。」赫野說到這，輕輕瞥了林深一眼，「拜某人所賜，他並沒有受到那些自殺者的影響。難道我這可憐的兄弟，就一生都無法明白生死的真諦，永遠活在虛妄的現實中嗎？」

「作為兄長，我真的不忍心讓他墮入這樣的絕境。」赫野嘴邊的笑容擴大，「所以，我只能出動最後一招。既然別人的生死動搖不了他，那麼因他而死的無辜之人，是不是能影響他呢？目前看來，似乎卓有成效。」

「那些人的死和他無關！」聽到這裡，林深再也忍耐不住，「要不是你的陷阱與勸誘，她們也不會走向死亡！」

「是嗎？那你的意思是我親愛的弟弟和那兩個可憐女孩的死亡一點關係都沒有了？他的冷漠，他的無視，沒有對她們造成打擊？要知道，我當時設計陷阱的時候並沒有做絕，只要他願意停下來，傾聽女孩們的心聲，願意真正去理解她們，都不會導致最終的結果。」

「……」

「所以啊。」赫野愉快地笑，眼睛瞇成一條縫，「事實證明，人總是自私的，他和你們一樣也都是凶手。」

「凶手……」林深低著頭，看著桌面好一會，似乎在低低呢喃著什麼。

「什麼？」赫野湊近去聽。

「明明你才是凶手！」林深猛然抬頭，狠狠注視著赫野，「王希的死亡，李東的自投羅網，涂高高，還有許多其他人，如果不是你在背後慫恿，不是你對他們施以誘惑，不是你趁人之危，他們會走向滅亡嗎？你才是始作俑者。」

「不，我只是將靈魂引導向正途，讓他們明白死亡才是最大的解脫。」

「是嗎，那你自己為什麼不去死？」

「我曾經試過。」赫野看向林深，微笑，「但是死神拒絕接受我，在那一刻，我才明白了自己的使命。上天要求我引渡世人擺脫生的困擾，而作為一個引導者，我不能只顧自己享受死亡的愉悅，應該讓更多的人來瞭解它。」

他說到這裡，臉上揚起一抹詭異的笑容，那看起來竟然有幾分神聖。

「如果說耶穌是上帝在世間的行者，那麼我就是死神的使者，我們都一樣，是為了帶給人類福祉。」

林深暗暗心驚，他看著坦然說出這番話的赫野，覺得自己根本不是在和一個正常人對話。在他眼前的這個人，與其說是人，不如說是一個瘋子，一個徹徹底底精神扭曲的瘋魔。

林深不打算和這人辯解什麼了，和一個瘋子是談不清楚的。

「但是你做了這麼多，就以為自己沒有留下痕跡？」

「你想要指控我？」赫野微微詫異地張大眼，「呵，以什麼罪名呢？」

沒錯，他確實可以如此坦然，因為無論是王希還是其他人的事情，赫野都甩脫得乾乾淨淨，沒有留下證據。即使引起懷疑，但是在沒有確鑿證據的情況下，任何人都無法指證就是他所為。要想指控他，除非……

「你是不是還忘記了一個人？」林深道，「足以指控你，可以證明你的不軌企圖，可以將你的陰謀揭露的人，可還是存在的。」

赫野嘴角的弧度不再上揚，他看了林深好一會，似乎在打量一個難以置信的事物。

「……你是什麼意思？」

「雖然你足夠仔細，但還是留下了足夠的證據，即使那些證據不足以證明你的圖謀。這時候，只要有一個意識清醒，有足夠說服力的人來證明，當年正是你蠱惑他自殺，不，或者說是你逼迫他自殺，你以為這樣一來，你還能逃脫得了制裁嗎？」

第一次，林深露出了一個笑容。

「很不巧，那個人現在就坐在你面前。」

赫野與林深的初次見面、勸誘林深自殺，因為沒有事先計畫，其實留下了很多破綻。比如他當時在鎮上的入住記錄、他的一些行動，最重要的是林深本人的證言。只要有了這些，就足以證明赫野是一個有前科的「教唆自殺犯」。在某種意義上，即使指控他的罪名最終不成立，赫野也會受到有關部門的「格外關注」。

不過這樣一來，林深那塵封的過往就會暴露在所有人面前。守林人竟然自己也曾有過自殺意圖，這就像法官本身就是個殺人犯一樣，無疑會成為汙點，他將面臨更多的指責與壓力。

「你寧願戳破自己的傷疤，也要保護赫諷?!」赫野微訝，「寧可將自己不敢直視的過去公之於眾，也要保護他？我真是小看了你……不，小看了我親愛的弟弟的魅力。」

「先是兩個女人為他而死，現在又是你願意為他犧牲，他總是能如此輕易地博得人們的愛……」

「不。」林深直接道，「我一點都不認為那兩個女人愛他，她們只是自私地想要占有他。」

「你就不想占有我那親愛的弟弟？」

「當然想。」林深毫不否認自己的想法，「但是我想要的是自由的、心甘情願屬於我的赫諷，而不是以別的方法去控制他。」

「呵呵，你還是一如既往地我行我素。」赫野似乎冷靜一些了，「不過這樣做值得嗎？

為了那個花花公子？」

「值不值得，我說了算。」

看著林深義無反顧的模樣，赫野眸中的光芒微微晃動了一下。

許久，他輕聲道：「是嗎？看來你確實願意為他犧牲。但是他呢？我那個自私的弟弟，他又願意為你做些什麼？」

「他根本就不愛你，也不愛任何人。為了這樣的一個人犧牲自己，你真的不會後悔？」

林深沒有作聲，赫野見狀，笑了笑，拋下最後一句話。

「不如我就和你賭一把，最後一個賭局。」他道，「就來試試我那親愛的弟弟，他願意為你做到哪一步。」

第五十七章　凶手（五）

該死！笨蛋，笨蛋，笨蛋！一群笨蛋！

赫颯一邊拔足狂奔，一邊在心底不斷咒罵。

那個欺騙自己的于越也好，教唆于越欺騙自己的林深也好，一個兩個都是腦子進水了嗎？竟然會去找赫野談判！

赫野是什麼人？那可是赫颯他哥，和他繼承了同樣的基因，擁有超越一般人的智商，凌駕常人的犯罪分子！

這樣的人是他們可以應付的嗎？什麼談判，不要被赫野一口吞了就算好了！尤其是林深，幾年前被赫野弄得還不夠慘嗎？現在還送上門去，是怎樣，餘情未了？

赫颯越想越不是滋味，從在于越那裡拷問到真相後，他就一秒也坐不住，立刻跳起來趕往兩人的會面地點。一路上，他擺脫了幾個跟蹤監視的人，換乘了好幾輛計程車，再從大街小巷裡飛奔穿行而過，總算是氣喘吁吁地站到那家餐廳門前。

一家招牌破舊，名不見經傳的小餐廳，就是這場歷史會晤的地點？赫颯連喘口氣的時間都沒等，直接破門而入。

「林深！你這個混、混——」

迎接他的，是餐廳內的冷氣，還有寥寥幾個客人驚訝疑惑的視線。在成為眾人目光的焦點後，赫颯才發現，這間餐廳內並沒有看到林深或者是赫野，連一個可疑人士都沒有。

這是怎麼回事？難道是于越那傢伙故意告訴自己錯誤地點?!

赫颯剛想打電話痛斥于越一番，正要轉身，卻被人喊住了。

「這位客人，請問你是不是到這裡來找兩位年輕的男士？」門口的服務生喊住了他，見赫颯點頭後，便遞上來一張紙條，「那兩位客人有事先走了，他們留言說，如果你想找他們的話，就請去這上面的地址。」

赫颯接過紙條，還沒反應過來這是怎麼回事。赫野與林深？那兩個傢伙什麼時候算一伙了？故弄玄虛地留下個地址給自己，還同時人間蒸發。

林深他究竟在想些什麼！

赫颯有些氣惱地揉亂紙條，想了想，還是朝上頭寫著的地址趕過去了。無論如何，他都不能讓林深和赫野單獨相處，絕對不能！

新的地點在一條偏僻的小巷中，在這座都市，要找到這樣的一條小巷也頗不簡單。赫颯左轉右轉找了好久，才終於抵達紙條上寫的地點。他看著眼前這座看似平凡的民居，猶豫了一會，還是推開半掩著的門，小心翼翼地走了進去。

客廳裡並沒有人，只有掛在牆上的時鐘在滴滴答答地走著，顯得格外安靜。沒有埋伏。赫颯剛安下心來，只覺得一陣暈眩，一股無法抗拒的睡意侵襲而來。

糟糕。

腦中閃過最後一個念頭，赫颯下一秒便倒地不省人事。

不知過了多久，當他再次清醒過來時，發現自己被困在一間陌生的房間裡。這間房裡基乎空無一物，只有一臺電視機和他身下的這把椅子。而他本人不知道被誰扶著坐在了椅子上，卻歪歪斜斜，差一點就能摔下去。

赫颯警惕地打量四周，沒有看到任何其他人。是誰？是赫野迷暈他之後把他帶到這裡的嗎？他的意圖是什麼？那林深又在哪裡，會不會有危險？他腦中一瞬間閃過許多念頭，正在此時，一道熟悉的鈴聲乍然響起。

他看到那陌生的來電顯示，想也不想就接通。

「你又在搞什麼鬼？」

手機裡傳來一聲輕短的笑。

「你就是這樣和兄長打招呼的嗎？」

赫颯皺眉，「我可沒心思和你噓寒問暖，你直接說林深去哪了，又把我關在這裡做什麼？我警告你，我們之間的事情不要牽扯到他，否則我不保證還能容忍你的胡作非為！」

「胡作非為？我只是在做自己想做的事……」赫野淡淡地笑了，「至於你的問題，我可以回答。首先，我沒有把你關在屋裡，門沒有鎖，如果你想要離開，隨時都可以離開。其次，你想知道林深在哪裡？打開面前的電視機。」

赫颯將信將疑，心裡咕噥著這傢伙又在搞什麼鬼，上前去打開了電視機。

電視螢幕上閃爍著雪花點，不一會，跳了兩下，變成一個固定的畫面。

在看清畫面的那一瞬間，赫颯立刻衝到電視機前，激動得連聲音都有些微微顫抖。

「你把他怎麼了！」

電視機的畫面上也是一個房間，地上躺著一個人。他背對著鏡頭，叫人看不見容貌，但是赫颯還是一眼就認出來了，躺在地上的那個人是林深！

林深側躺在地上動也不動，不由得讓人懷疑他是不是出事了，赫颯的心懸了起來。

「放心，他沒事，當然，這也只是暫時的。」

聽著手機裡傳出來的聲音，赫颯強迫自己冷靜下來，他的視線緊盯著畫面中躺在地上的林深，不動聲色地退回到身後的椅子上坐下。

「直說你的目的吧，不要再兜圈子了。」

對於他的冷漠，電話那一端的赫野卻一點也沒有惱火，他輕笑一聲。

「你還是這樣的性格。無論什麼事都是以自己為中心，完全無視周圍的人。你怎麼確定我的目的是威脅而不是交易？你肯定地上躺著的那個人真的是林深嗎？是誰在拍攝這段畫面？」赫野道，「完全不考慮這些，劈頭就認為我在拿林深與你談條件，還真是直接啊，赫飒。」

「難道不是你做的？」

「好吧，我承認——是。」赫野道，「不過，這可不是脅迫，只是一個小小的測試。」

「測試？」

「你現在被員警監控，不能脫離監視人的視線，否則會加大嫌疑。這點你該知道吧。不過我也沒想到，為了找林深，你竟然毫不猶豫就跑了出來，看到你真的這麼做的時候，我確實感到意外。親愛的弟弟，看來他在你心裡，很重要。」

「不要廢話。」

「那好吧。你知道現在外面有多少人在找你嗎？你已經從酒店消失了很長一段時間，再過一陣子，恐怕所有人都會認為你是畏罪潛逃。到時候，無論是對你的辯護還是開庭審理，都很不利。如果你想要證明自己的清白，現在立刻回去解釋自己只是腦子進水出門散步，才是最好的選擇。但是，如果我要求你繼續待在這裡，直到被人找到呢？」

「……你什麼意思？」

「很簡單，我要求你待在這個房間，不准離開，不能聯繫任何人，否則林深會出什麼意外我就不敢保證了。只要你乖乖聽話，林深就會很安全。不過你卻危險了，一旦被偵查人員找到，他們只會認為你是畏罪而躲在這裡，以潛逃的罪名起訴你。所以，該怎麼辦呢？」赫野說，「在你的清白和林深的安危之間，你會選擇哪一個呢？」

此時此刻，赫飒終於明白了赫野的計謀。

他答應林深出來見面，與其說是談判，不如說是為了引誘林深出來的誘餌。等到他們上當後，赫野又設下了另一個圈套。他用林深的安危來束縛住赫飒，讓他不能離開這個房間，只能被動地等待偵查人員的追捕。

作為凶殺案嫌犯的赫諷不見蹤影，必然會引起不小騷動。如果赫諷主動返回並解釋，還會有周旋的空間。但如果他一直窩藏在這裡，被偵查人員搜捕到的話，就很可能會被懷疑是畏罪潛逃。

一個主動出現，一個被動逮捕，兩者的意義可是天差地別。

赫野的目的就是這個。他用林深的安危來要脅困住赫諷，不需要其他手段，只要靜靜等待時間流逝，加諸在赫諷身上的懷疑與罪名會越積越深，到時候赫諷就再也不可能擺脫凶手的嫌疑了。

這就是他要的結果。

「你可以自由選擇，門沒有鎖，你離開後可以隨時返回酒店宣告自己的清白。」赫野好心建議，「現在回去的話，應該還不會引起太大的騷動。」

「那林深呢？」赫諷沒有動作，只是看著畫面上那躺倒在地的身影，「他會怎樣？」

「那就不是你需要關心的事了。」赫野答非所問，「比起別人的安危，還是先考慮自己怎麼樣？沒有人比你自己更瞭解你的自私，畢竟你也不是第一次因為顧慮著自己，而放棄了其他人的性命了，不是嗎？」

無論是涂高高那時，還是後來面對施蘊秀，相比起這兩個人的情感，赫諷都更注重自己。他或多或少地無視了她們，導致兩人越來越偏執，後來她們才會被赫野教唆著自殺。

而現在，同樣的事情再次放在赫諷面前。

赫諷，究竟會怎麼做？

時間一分一秒地流逝，彷彿連空氣都在燃燒，悶熱異常。赫諷緊盯著畫面上的林深，瞬間想了很多。

地上的那個人真的是林深嗎？他背對著自己，無法看清臉龐，會不會只是背影相似的其他人？

這個畫面一直沒有動，是林深睡著了，還是只是一個靜止的截圖，是赫野用來欺騙自己的假象？

又或許這只是一段錄影，現在放的是事先錄好的畫面，而此時的林深可能早就出事了，繼續留在這裡也於事無補。

一時間，他想到了各種可能，各種讓自己可以安心離開的藉口。然而，在看到那個躺倒在地、顯得格外脆弱的背影時，赫諷終於還是嘆了口氣。

他無法做到，他無法拿任何一個可能去冒險，去犧牲林深的性命。

他做不到。

於是，赫諷回答：「我留在這。」

房間裡安靜得嚇人，除了自己的呼吸聲以外，什麼都聽不到。在這極致的寂靜下，甚至連血液汩汩流動的聲音都能聽見，伴隨著心臟的跳動，一下又一下地持續著。

赫諷眨了眨眼，深吸一口氣。

他不知道自己在這間屋子裡究竟待了多久，是一分鐘，一個小時，還是一個下午？時間的概念在這裡變得模糊，他只能通過辨別自己的心跳才能感覺到時間的流動。而螢幕上，那個疑似林深的背影還是幾乎未動，要不是能夠感覺到那身影在隨著呼吸輕微地起伏，赫諷都要懷疑躺在那裡的是不是一具屍體。

自從上一次的手機通話結束後，赫野就沒有再聯繫他，留下他一個人在這房間裡，伴隨著可怖的寂靜，看著那個幾乎靜止不動的林深。有好幾次，赫諷盯著螢幕時，希望那個背影能夠轉過來一下，哪怕是微微動一根手指也好！那樣至少能讓他覺得此時此刻自己不是一個人，至少他不是一個人在和這未知的等待鬥爭著。

可怕的不是等待，而是你不知道在這份等待後會發生什麼。

然而，無論他心裡怎麼祈禱，螢幕上的那個「林深」依舊沒有動，偶爾的動靜也不過是赫颯看久了眼花而已。

時間無聲地流逝。未知，不安，緊張，種種情緒壓在赫颯心頭，漸漸地讓他染上了幾分不耐。他開始懷疑自己在這裡枯坐究竟有沒有意義，開始動搖自己的決心，甚至一絲暗暗的埋怨悄悄襲上心頭。

為什麼事情會變成現在這樣，赫颯開始回想。

他都已經警告過林深不要外出，不要再與赫野接觸，可林深卻一而再再而三地無視自己的勸告，以身犯險。事情到了這個地步，林深的倔強與不聽勸告也算是主因。

還有于越，這個傢伙竟然和林深聯合起來騙自己，難道他就不清楚這件事有嚴重嗎？他和林深兩個人謀畫著什麼，卻不告訴身為當事人的自己，是認為自己不值得信賴？

赫颯想著，心頭的怨氣開始越聚越多。他甚至開始想，那家餐廳的服務生如果沒有遞給自己那張紙條，自己就可以眼不見為淨，不用被牽扯進來了。

至於不聽勸告的林深，誰管他是死是活！

煩躁與不耐逐漸侵襲赫颯的心，一連串糟糕的情況，加上此時格外壓抑的環境，讓他開始變得暴躁，然而本人卻絲毫沒有注意到這點。他坐在椅子上，手指不斷摩擦著扶手，腦中不受控制地竄過許多念頭。

為什麼他會淪落到現在這個處境？為什麼所有人都要針對他？家族嚴厲的管教，兄弟間自相殘殺，莫名其妙背負上他人沉重的感情，甚至因此命案纏身。明明他只想平平穩穩地過自己的生活，卻被逼迫至此！他做錯了什麼？

不，他什麼都沒有錯！是周圍的人，他們對他抱著不現實的要求與期待，過度的苛責和渴望，殊不知他也只是一個凡人，然而這個凡人卻連最普通的生活都不能獲得！

造成現在這一切的，讓他即將步入法場的，除了赫野的陰謀外，那些人哪一個沒有關聯！冷漠的家人，自私的情人，還有林深！

赫颯的眼底染上一層陰鬱的色彩，負面情緒正開始掌控他的大腦。

房間裡安靜得可怕，赫野自那以後就沒有再聯繫。他是躲在哪裡看自己笑話，還是得意揚揚地準備收穫勝利的果實？

赫颯知道自己的情緒似乎有些不對勁，卻無法控制。想必這種情緒的變化，也正在赫野的預料之中。一想到這點，赫颯就更加煩躁，他把手漫無目的地伸進口袋裡去摩挲，突然觸碰到一個異物。

一個堅硬，卻圓潤的東西。

「這是……」

感受到掌心的觸感，赫颯將東西從口袋裡掏了出來，放至眼前細細觀看。

在他手心，有一枚石子，細小，微不足道，卻散發著溫潤的光澤，似是皎月的瑩瑩之光。

——正是那枚血紋石子。

赫颯耳邊，隱隱迴響起曾經的某個少女留給他的一句話。

如果有一天你累了，你會不會後悔沒有說過真心的話，沒有交過真心的朋友。會不會到時候，連痛是什麼都感覺不到了？

當年她留下的這句話，譏諷的是赫颯的麻木、冷漠，只求自保。

現在想來，果真是入木三分。

痛苦是什麼，當年的他或許真的不知道，他活在虛假的讚美中，偽裝成完美的學生、兒子、朋友，卻從來沒有真正考慮過自己的心意。別說是痛，就連什麼是真正的快樂他都無法理解。

而現在……

赫颯握著手中的血紋石子，如今的他，能夠體會到痛苦了嗎？

被人陷害，即將面臨牢獄之災，現在又身處這般困境。換作是任何一個人，心中都難免憤懣，又怎能不痛苦？

可，又只是如此嗎？他真的只是因為這些才痛苦的話，此時此刻完全可以拋下林深一走了之，以保全自己。遠離麻煩是最明智的選擇，一直以來他不都是這麼做的嗎？

但是為什麼，掩藏在心底的情感卻告訴他，不能離開，無法拋下林深。林深是為了他才投入赫野的陷阱，他和于越對自己隱瞞危險，比起惱怒，赫颯心底更多的是痛苦。擔憂的痛苦，關心的痛苦，不是為了他自己，而是為了對他很重要的人而痛苦。相比起來，他遭受的那些，似乎變得微不足道了。

這又是怎麼一回事呢？人類難道不是最自私的生物嗎？

看著手中的這枚小血石，赫颯恍惚間又回到了那片深林。

他看見了滿面笑容的少女，站在溪邊對他們許下不棄不怨的諾言。

看見那遙遙相對的石臺上，一人獨坐十年，化作枯骨。

又聽見不知是哪年的蟬鳴，一聲複一聲，飽含著滿滿的不捨與留戀。

他們哪一個不在痛苦之中呢？然而就算如此，為了所愛之人而痛苦，即便悲慟著，其中也潛藏著名為愛的那一抹溫暖。而如王希、李東之流，自私於自己的得失，滿心以為全世界都欠他們，這樣的人，連自救都不可得。

生又何苦，死又何悲。世上誰不是陷在生活的艱苦中難以脫身，但如果沒有這份苦意，又怎麼能體會到甜。

痛苦，何嘗不也是一種幸福。

赫諷緊握著石子，感受著它微涼的溫度，只覺得神志無比清明，之前的煩躁、惱怒，彷彿一夕間化為雲霧，褪去了那炙熱的外衣，留下一份清涼。

他剛剛差點就迷失在負面情緒中不能自拔。現在想來，這恐怕也是赫野的計謀，想要借此擊潰自己的心理防線。

為別人的安危而擔心，為別人的處境而憂慮，這些，都是他在和林深相處後才漸漸學會的。這讓他明白了牽掛別人是什麼感覺，他不再是那個看似嬉笑怒罵，實則冷眼旁觀的人生過客了。

「我現在明白，你所說的痛是什麼了。」

不知是在誰對傾訴，赫諷輕聲細語著，聲音在房間裡徘徊一圈，淡淡消失。

他重新在椅子上坐好。

其實這種等待，未必就是一種煎熬，也是守護重要之人的一種期待，不是嗎？

至於那些危險？

赫諷想通了，心裡再也沒有阻礙。風雨欲來，便任它來吧，即便最後滿身泥濘，深陷痛苦，至少心中的這份感情，讓他不會後悔。

他閉上眼睛，靜坐起來。

這樣不知過了多久，他再次睜開眼睛的時候，是聽到了手機的簡訊通知。

窗戶外的天空已經染上了晚霞的色彩，赫諷打開簡訊，看到的是簡單的一行字。

你可以走了。

他再看向電視螢幕，已經又變成了一片跳動的雪花，林深的身影不見了。

這是可以離開了？

赫諷站起身來，猶豫了一下，還是走向門口，伸手，轉動門把。門發出老舊的「吱呀吱呀」的聲響，在他眼前緩緩打開，從一條細縫擴展到整個視野。剛看清門外的景象，赫諷的瞳孔便不受控制地縮了縮，流露出明顯的驚訝。

在他眼前的，竟然是林深！

那個本該受困的男人此時正站在屋外，好整以暇地等著他出門。見到赫諷出來，林深立刻從靠著的牆上起身，一眨也不眨地望著他，那眼神，彷彿可以將人灼傷。

「你……」

赫諷感覺到喉嚨有些乾啞。與此同時，林深也緊盯著他，猶如即將面對宣判的犯人一樣，緊張地等待著他接下來會說的話。

他會問自己什麼？

問自己怎麼會在這，不是被赫野困住了嗎？又為什麼會在這裡等他？

會不會問那個影片究竟是怎麼回事？

會不會問自己……是不是與赫野共謀著暗算他？

以上這些問題，在赫諷出來之前，林深想像過上百遍。他已經做好心理準備，迎接赫諷的質疑。

然而——

「你沒事就好。」

赫諷看了林深一陣子，卻笑著說出這樣一句表示安心的話。林深的瞳孔微縮，啞聲問：

「你不問我嗎？」

本該受困的人，卻像是和敵人串謀好了一樣，在這裡安靜地等待他出來。換作別人，恐怕都會心生懷疑，甚至是惱怒憎恨。

怎麼就赫諷，偏偏像什麼事都沒有一樣？

「問你什麼？哦，你在外面等我很久了？」

林深點了點頭。

「從什麼時候開始？」

「你進屋後，一直到現在。」林深怕他誤會，連忙又解釋道，「但是我不能去找你，赫諷，我也想去找你的，不過赫野說這是一個賭局。」

「什麼？」

「如果你願意在裡面一直等到他放你出來，他就會提供對你有利的證據，他是這麼與我約定的。」

原來還有這一齣，怪不得。赫諷了然，又看向林深：「那麼你呢，他對你的要求是什麼？」

「無論如何，在你出來之前，不能進去找你。否則，就是前功盡棄。」

這是一個局，考驗的不僅僅是赫諷，還有他和林深對彼此的信任。赫諷想到自己在裡面時的煎熬，便能猜到林深在外面一定也很不好過。他走上前，輕輕握住林深的右手。

果然，他的手心已經汗溼一片，不是溫熱的，而是冷汗。恐怕，林深比他更加煎熬吧。因為他還要面對自己知道真相時，有可能會產生的誤解和憤怒。

這是不是也在赫野的計算裡呢？

「你就這麼相信他？」赫諷握住林深的手，輕輕問道。

「我只有相信他。」林深道，「這是我唯一能想到的、能夠幫到你的方法，而且赫野他……」

「他不會賴帳。」赫颯笑了笑，接過他的下半句話，「該慶幸嗎？至少他還是一個有信譽的人。」

明明是敵對方，兩人卻對赫野的承諾給予過高的信任，想來似乎也是一件好笑的事情。赫颯咧了咧嘴角，拉著林深的手就向外走。

「事已至此，先回去再說吧。」

「嗯。」

「林深，你的手在出汗。」

「嗯。」

「還在擔心我嗎？」

「……嗯。」

感受到林深沉默中的關心，赫颯的心情變得更愉悅了。兩人牽著手，誰都沒有覺得不自然，一起走出了這條巷子。一種無言的默契漸漸地在周圍彌漫開來，最終，還是赫颯先忍不住開口。

「我……」

話才剛剛開了頭，就聽見從遠而近的警車鳴笛聲，一輛警車呼嘯而來，轉瞬間就停在眼前。

「不許動！」

幾名員警從車裡奔出來，撲向赫颯，將他的雙手反鎖，緊緊地壓在車前蓋上。

林深看著這一幕，看著赫颯被壓制得臉上流露出痛苦的神色，不禁雙手握拳，蠢蠢欲動。

「不要過來！」

這時的一聲大吼，讓員警和林深都嚇得愣了愣。

赫颯被壓制著，因疼痛而臉色蒼白，但是他從始至終都沒有試圖反抗，反倒是在看見林深的舉動後，開口呵斥。

「不要過來！林深，我是主動歸案的，別衝動！」

他這一句話，讓員警們狐疑地對視了一番，試著鬆了鬆手中的力道，見赫颯沒有反抗的意圖，這才放下心。逮捕和自首，這可是截然不同的兩個含義。既然是嫌犯主動歸案，他們也不想因為誤判，而得罪了眼前這個明顯大有來頭的人。

「多謝警官。」赫颯對他們道了聲謝，揉了揉被扭痛的手腕站直，「在回去以前，我可以和朋友再說幾句話嗎？」

得到了員警的同意後，赫颯看向林深，發現此時林深面色蒼白，比他有過之而無不及，彷彿被抓住的人是他自己。那雙眸中充斥著隱忍、克制、掙扎，還有許多赫颯以前不懂，現在卻能恍然的情感。

他輕笑一聲，對著林深道：「我會回來的，好好等著。」

林深看著他的笑容，突然就愣住了，只覺得以前從來沒有見過這麼好看的笑，就在他神情恍惚間，赫颯留下最後一句話。

「等我回家。」

再回神的時候，他已經被押上警車，伴隨著警笛聲遠去。

林深站在原地，看著那警車開遠，漸漸地消失不見，本該悵然的自己，心裡卻陡然升起一股期待。

是為了赫颯最後的那句話，等他回家。

回到酒店後，林深不顧于越詫異的眼神，收拾行李離開。既然赫颯要他別參與，那他就不參與，赫颯要他等，他就等。

再一次回到闊別數日的綠湖森林，什麼都還和以前一樣。鎮民們躲閃的眼神，山上的幽靜與孤獨，偶爾也會遇上一些想不開的人，不過比起前陣子，已經少了很多。

山林裡的一切，都回到了林深住在這裡的二十多年歲月的模樣。準確地說，是遇到赫颯之前的模樣。

他本該習慣這樣的孤獨，如今卻覺得寂寞。沒有人碎碎念，沒有人鬥嘴，沒有人在廚房忙碌，也沒有人強撐著膽量，卻總是戰戰兢兢地跟在自己身後。每逢這時，林深總是格外清楚地意識到赫颯已經不在他身邊了。

一週，一個月，時間不知不覺地流逝。林深從每天早上帶著期待在門口駐守，漸漸地回歸正常，似乎又習慣了獨自一人的生活。只是有時候，他會想起那些未完的事情。

赫野究竟有沒有履行承諾，他還在繼續論證死亡大道的想法嗎？

于越沒有再找上門，應該也不會再來了。

至於涂高高之流，只是偶爾從他腦內閃過，留不下太深的印跡。

唯有一人，他從不放在腦內想，因為時時刻刻都銘記在心底。

又是一個初春，時間已過去了半年之久，韓志嗖嗖地長高到他胸前，小涵石碑前的四葉草從山坡上蔓延到了山路。就連敏敏，也已經來過一次祭掃遊嘉的孤墳。

唯有他等的那個人，還是一直沒有消息。就像墳邊枯長的野草，讓他的心頭一片繚亂，罪魁禍首卻遲遲不現身。

這天，林深戴上帽子，準備推門出去巡邏。剛走到門前，便聽見屋外傳來一聲低呼。

「要命，哪個不長眼的小畜生在門口拉屎啊？」

林深的心似乎瞬間停跳，隨即怦怦地狂跳起來。他看見一個人抱怨著推開院門，一邊狼狽地刮著腳底的髒汙，一邊抬起頭來。

來者抬頭，露出燦爛過旭日的笑容，彷彿整片天空都要為之失色。

「老闆，你這裡能借住嗎？我的鞋子弄髒了。」

林深緊緊盯著他，「一般不借住。」

「哦，那不一般呢？」

林深克制著表情，不動聲色道：「員工家屬可以陪住。」

噗嗤一聲，那人大笑出來，眼睛瞇成一雙彎月。

「那不知我算不算是員工家屬呢？」

這還用問嗎？

林深終於忍不住露出笑容，扔開手中的東西迎上前去，狠狠抱住那人。

從此以後，兩顆孤獨流浪的心，終於有了依靠。

——《有種你別死03》完

——《有種你別死》全系列完

番外·一　睡衣

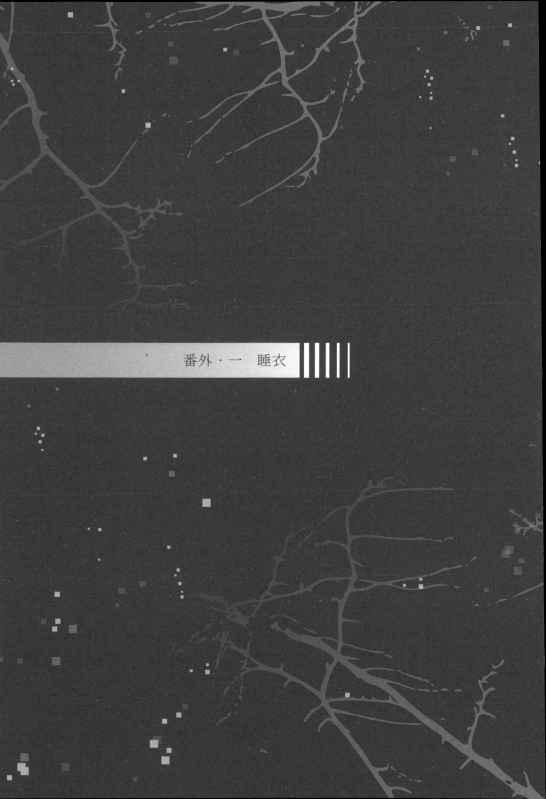

從鎮外回來以後已經過了一陣子，這一次外出的經歷，似乎讓林深有了些改變。

他不再那麼孤僻於世外，也不太抗拒下山了。也就是這樣，林深下山的次數越來越多，在山下待的時間也越來越長。這樣的轉變，一開始赫颯很喜聞樂見，但是時間一久，赫颯開始覺得有些無聊了。

林深獨自下山的日子，他一個人在山上待著實在是有些寂寞。今天也是如此，他實在忍不住，就掏出手機來騷擾起林深了。

先是傳了幾封簡訊過去，林深沒有回，又上通訊軟體，繼續被無視。

終於忍無可忍，赫颯傳了一張自拍照，附帶一個憤怒的表情，向林某人表達對於他忽視自己的強烈不滿。

這次林深倒是回得很快，不過赫颯打開一看。

勾引我？

噗——！差點被口水嗆到，赫颯臉色漲紅，手都有些發抖地打字回覆。

你哪隻眼睛看到我勾引你了！

兩隻。

赫颯無語，開始翻出剛才傳的那張照片細細研究。

他有那麼風騷，故意擺POSE勾引人嗎？左看右看也沒有看出什麼名堂來，赫颯決定諮詢一下第三方意見。

一分鐘後，于越回覆了。

哈哈哈，不是我說你，你穿這條褲子也太「性感」了！豐乳肥臀啊！哈哈！

此時，赫颯的臉已經黑得跟炭一樣了，他拿著手機去洗手間照鏡子，看看自己究竟是哪裡「豐乳肥臀」了。對著鏡子轉了幾個圈，還頗為自戀地對影自憐了一會，赫颯覺得今天的自己還是和以往一樣帥，沒有哪裡不正常啊。

嗯，這條褲子好像是有點緊，很顯臀型。赫颯又捏了捏自己有點發福的肚子，開始有些危機意識了。

最近的日子似乎過得太逍遙，身材有橫向發展的趨勢啊。不過除了褲子包得太緊以外，他有哪裡不正常了？

叮叮咚咚，一陣簡訊通知，赫颯拿起手機查看。

等等！好像有哪裡不對勁！身上的這件衣服怎麼有點眼熟？異樣的眼熟！

「靠！」

赫颯驚叫一聲，身上這件T恤不就是林深的睡衣嗎？自己早上隨便拿了件衣服就穿了起來，沒怎麼仔細看，現在才發現自己穿錯衣服了。在有心人眼裡看來，這不就是故意穿對方的睡衣來挑逗嗎！

再看鏡子裡這個睡眼惺忪，打著哈欠，還露著半個肩膀的傢伙！赫颯敢發誓，自己以前那些同居女伴，都沒鏡子裡的自己這麼騷！

也許是太過在意了，也許是心裡莫名的心虛，赫颯抓了抓被自己嚇出來的雞皮疙瘩，不敢再看鏡子裡的人一眼，立刻就飛奔出洗手間。

他一定要換衣服！鏡子裡半遮半露，一副欲拒還迎樣子的傢伙絕對不是自己，不是！撈起衣服下擺就往上掀，赫颯一邊脫一邊跑出去。

吱呀——

大門恰在此時打開，一個人抬頭望過來，僵住了。

赫颯聽到聲音回頭去看，也僵住了，彷彿一座石像，保持著掀衣服的姿勢動彈不得。

「你這麼熱情，我真是受寵若驚。」

林深先是微訝，然後雙手張開，擺出一個等待赫颯入懷的姿勢。

「來吧。」

這是怎樣的巧合，怎樣的時機？偏偏林深在這時候進門，自己跳進黃河也洗不清了！赫颯整張臉充血泛紅，看著林深擺著的姿勢半晌說不出話。

「來、來個鬼啊！」

悲憤欲絕之下，赫颯脫下衣服就向林深砸了過去，捧著自己一顆受傷的心靈淚奔回房。

林深伸手拿下罩在頭上的睡衣，感受到上面還帶著某人的體溫，他再次抬眸，看向剛才赫颯落荒而逃的方向。

「這是邀請？」

似乎有什麼，在他體內蠢蠢欲動。

片刻後，小屋某間房內傳來某人震天的怒吼。

「林深！你的手給我放哪呢！」

驚起一隻飛鳥，拍了拍翅膀離開停駐的樹梢，旋即，鑽入深林。

今天的綠湖森林，還是和以往一樣安靜祥和。

除了某兩個不安分的守林人外。

赫颯轉身回房，還沒來得及關上門，林深就跟在他身後進來，快得讓他躲都來不及躲，就被林深一把抓住！

「去哪？」

林深抓著他手臂的力氣，像是要緊緊擒住妄圖逃跑的獵物。

「去、去哪，回房間換衣服還要你批准啊？」赫颯不知怎麼就結巴起來，有些緊張，「放手，像跟屁蟲一樣，怎麼我跑哪裡你就跟哪裡，煩不煩？」

「嗯，我就是跟屁蟲。」林深一點也不否認，「不過看護好自己的雌性，是雄性的職責，我只是在履行職責。」

「雌你個——唔！」

赫颯暴跳如雷，剛想飆髒話，嘴就被人迅速地堵住。

像是早有預謀，來自另一個人的溫度和氣息瞬間侵襲而至，奪走他的呼吸，擾亂他的心神，甚至撥動他不穩的心跳。

林深一口吻住他，吻得有些青澀，只是雙唇輕輕觸碰而已。以赫颯多年來的經驗，這樣的接吻連普通的身體接觸都比不上。但是他抬眼，看到林深微微闔起的雙眸，看著他一臉專注的神情，心跳就莫名加快起來。

熱度從相連的嘴唇，一直蔓延到身體內部，再向某個難以言說的地方延伸。

好不容易，林深似乎享受夠了，放開手中的獵物，一本正經道：「說髒話要給予懲罰。」

赫颯又羞又熱，「哪門子的懲罰！員工守則？聽你胡說八道！」

「反駁上司，嚴懲！」

赫颯那句話還沒說完，又被意猶未盡的林深逮到機會堵上。這一次，林深更是見縫插針，用舌頭輕觸著赫颯的唇畔。

「你……！」

赫颯剛一張口，便被那靈活的舌頭逮住機會，帶著林深的氣味和溼度，火熱地鑽進了他的口腔。

先是小心翼翼地試探，輕觸著赫颯的牙齒，隨後，像是感覺到滋味一般，向更裡面探去，待逮到那縮在裡面的小舌後，林深便毫不客氣地纏上、吮吸起來。

兩人口津相融，粘膩的觸感與火熱的溫度，漸漸燃燒起來，逐漸將某種欲望點燃。

林深退開一步，兩人纏綿分離的嘴唇發出一聲令人臉紅的聲響。赫颯正無地自容，便聽見林深那帶著沙啞的聲音。

「我想……」

「你什麼都別想！我告訴你，今天絕對不行！不行！」赫颯沒等他說完，連連搖頭拒絕。

林深好笑地看著他，玩味道：「你以為我想要什麼？還是說，你在想一些色色的事情？」看著眼前的人炸紅了臉，他心情頗好地說：「要是你想的話，我也可以滿足你……」

「不不不，我一點都不想！」赫颯連忙否認，「我誤會大爺您了，您是良民，是我以小人之心度君子之腹！既然你什麼都沒想，就快放開我吧，我還得去煮晚飯呢！」

他今天實在是太丟臉了，什麼難堪的事情都搞出來了，赫颯這時候只想擺脫眼前的尷尬，哪怕有個地洞在他面前，他都會毫不猶豫地鑽進去。

林深看著他逃避的樣子，皺了皺眉。

「你餓了？」

「呃，你不餓嗎？」林深可是在山下忙了一天才回來，怎麼可能不餓？

「餓——」

「那讓我去煮飯……」

「——但是我想吃的，是另一樣東西。」

趁赫颯不備，林深緊緊抓住他的手腕，將赫颯壓在牆上。

「我很餓，尤其是『食物』還一直在引誘我，我真的很想立刻吃了他，可是他好像不願意。」

「……」

見赫颯低頭躲避，林深的眸色暗了暗，似乎求歡被拒，有些黯然道：「我知道一直都是我在一頭熱，如果他真的不願意，我也不會勉強。」

「我願意等。無論要多久，我都只等他一個人。」

赫颯的心被觸動，他感受到林深緊貼著自己的溫度，感受到他壓在自己身上的重量。這個人的存在感是那麼強烈，而他對自己的關注和熱情，赫颯也不是感受不到，但為什麼自己總是扭扭捏捏的呢？

害羞，害怕，不喜歡？

好像都不是……那麼，還有什麼別的理由拒絕嗎？愛人之間解決生理需求，不是很正常的事情嗎？

就在赫颯開始自我懷疑的時候，林深火上澆油，又加上了最後一把柴。

「當然，我知道，如果他真的不行，我也不會勉強他，我可以接受……」

「你他媽說誰不行啊！」

就像是被人觸到逆鱗，赫颯一下子炸毛，從一堆有的沒的想法中掙脫出來，怒視林深！

「我警告你啊，你懷疑我的人格可以，但是不能懷疑我的能力。」

「喔。」林深淡然道，「那你要證明給我看嗎？」

赫颯啞然。

林深微微笑，上前，再次堵上他的嘴。

「那就證明給我看吧，你的『能力』。」

「唔，你這個……混帳……唔嗯！」

剩下的話語，全都化作曖昧的炙熱氣息，融化在空氣中。

繾綣，反覆，直到被人撲倒在床上，周身融入一片火熱中，赫颯都沒反應過來，自己究竟是怎麼被拐上賊船的。

不過，一切都不重要了。

眼前這個能帶給他熾熱的感受、能填滿他一切的人，才是此刻最重要的。

喘息，呻吟，夜落下帷幕。

——番外．一〈睡衣〉完

番外・二　歲月如歌

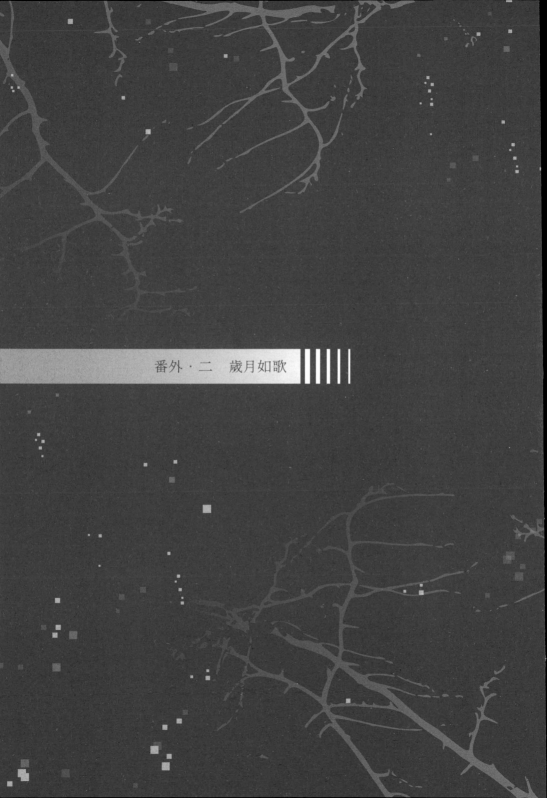

毛茸茸，青澀的微粒，短又細小的軟軟絨毛。

一根纖長的狗尾巴草被他抓在手裡，左晃晃，右晃晃，逗著眼前的一隻小奶貓。

「嘖嘖嘖，過來，過來。」

赫颯蹲在地上，不斷在小奶貓面前晃動著狗尾巴草。

那隻看起來剛剛一個多月的小奶貓，一身淺金色的皮毛，帶著點黑色的花斑。在陽光照射下，金色的軟毛微微發光，看起來非常可愛。

小奶貓專注地看著赫颯手中的狗尾巴草，眼珠隨著它晃動。赫颯看得有趣，舉高手，大幅度地左右搖擺起狗尾巴草。小貓不受控制地跟著晃動，不僅是腦袋，連整個身體都左搖右擺起來。看起來真是又萌又蠢，赫颯憐心大起。

簌簌，身後傳來一陣腳步聲，赫颯頭也不回就知道是誰來了。

「林深！你過來看，我竟然在這裡找到一隻小貓崽！喂喂，你幹嘛？」

話音未落，赫颯就被林深猛地拽著手臂拉了起來，剛想發火，就回頭看到林深的眼中也已經燃起兩苗火焰。奇了怪了，他這是生什麼氣？

「貓崽？」

林深氣極反笑，看著眼前這個粗神經的傢伙，「在這種不見人影的深林裡，你以為會有一隻普通的家貓貓崽？」

「呃……」

「即便有小貓偶爾闖進森林裡，也早就被野獸吃掉了。」林深看了看地上那隻「小奶貓」，抓著赫颯的手鬆了鬆。「普通的小貓怎麼可能安全地活在深林裡？你有沒有常識，赫颯？不是每個長著貓耳朵貓尾巴的貓科動物，都是貓。」

聽他這麼一說，赫颯才後知後覺地反應過來，這隻「小奶貓」好像是長得和一般的貓不一樣。牠的臉部更加狹長，耳朵末端也多了兩簇深色的毛，而且脖子裡還有一圈大圍巾一樣的白毛。

再仔細看這隻「小奶貓」，赫颯發現，牠的神態和動作也和貓很不一樣。眼珠很活躍，眼睛很有神，是那種野生獸類特有的光芒，熠熠發光。

「這……不會是一隻花豹吧？」赫颯留下冷汗，四處觀察，「牠媽媽呢，母豹會不會就在附近？要是看到我們接近牠的幼崽，會不會衝出來咬我們？」

林深白了他一眼，「現在才知道害怕？剛剛逗牠的時候你幹什麼去了？」

他轉過身一看，只覺得無語。赫颯這個膽小鬼又跑到自己背後躲起來了，只是那根狗尾巴草還不忘抓在手裡。

「嗷，嗷嗷。」見赫颯退後，「小奶貓」發出一聲肖似小狗的叫聲，伸出軟軟的前爪就要靠過來，但是看著林深，又有幾分戒備，不敢靠近。

「嗯？」林深挑了挑眉，「牠似乎親近你。」

「真的？」赫颯從林深背後探出腦袋來，看著「小奶貓」憨態可掬的模樣，心也軟了，「這，等了這麼久也沒見到母豹，牠媽媽是不是出意外了？」

「誰說牠是豹？」

「啊？不是你說……」

「我說牠不會是貓，就一定是豹嗎？」林深鄙視地看著他，「難道在你眼裡就只有這兩種貓科動物？」

「……那是老虎？」

林深的眼神更鄙夷了，看著赫颯，無奈地嘆了口氣。

「在綠湖森林不會有那種大型野獸，不然我們整天巡林早就被牠們襲擊了。這裡只有一些中小體型的肉食動物，你眼前看到的這隻，應該是一隻猞猁。」

「猞猁！」赫颯瞪大眼睛，「猞猁不就是貓的一種嗎？」

「我不知道牠是哪一種，但是這種動物絕對和貓不一樣。牠的爪子和牙齒比一般的貓更尖銳鋒利，而最可怕的是猞猁的智慧。我小時候到森林裡來，爺爺總是把我看得很緊，怕我被猞猁叼走。」

「這麼厲害……」赫颯看著那隻小猞猁，喃喃道，「真看不出來是這麼厲害的小傢伙。」

「不過有句話你說對了，過了這麼久母猞猁都沒出來，看來這應該是個孤兒。」林深的眼睛暗了暗，「和我一樣，被丟棄在森林裡了。」

說完，他起身，不再去看那隻小猞猁。

「時間不早了，回去吧。」

林深走了幾步，見赫颯沒跟上來，便回頭去看。

只見赫颯正蹲在那隻小猞猁面前，讓牠輕輕地舔著自己的手，嘴角是抑制不住的笑容。感覺到林深的視線，赫颯抬起頭來，對著他露齒而笑。

「林深，我們把牠帶回去養吧。」他抱起小猞猁，失去母親的小猞猁似乎對他格外依賴，緊緊地貼在他懷裡。

「我們將這個孤兒好好養大，行嗎？」

林深站在原地，看著赫颯小心翼翼地愛撫著那隻小猞猁。孤獨無依的小幼崽趴在赫颯懷裡，似乎終於找到了一塊能讓牠心安的天地，畫面看起來很溫馨。

有一瞬間，他似乎能看到幾十年前，一個老人也同樣在林邊撿起了一個孤兒，養育他，教育他，讓他擁有了一個家。而現在，又有一個人成為了這個孤兒無可取代的家人。

「林深？」

見林深沒有反應，赫颯又試探性地叫了幾聲。

「喂，喂，林深，林深！」

林深壓抑住心底的波瀾，應了一聲。

「嗯？」

「我看牠自己待在林子裡，早晚要成為其他野獸的腹中餐，還不如讓我們帶回去。行不行？」赫颯已經做好心裡準備，哪怕林深不允許，他死纏爛打也要帶這隻小猞猁回去。林深要是敢不同意，他就別想吃晚飯。

「可以。」

「哦，嗯！什麼，你說可以？」赫颯一臉驚訝，「你同意了，我真的能養？不會反悔？」

赫颯一連幾聲追問，林深已經不耐煩地轉身走了。

「不信的話你就別養。」

「養了可不准再棄養啊！」赫颯連忙跟上去，他懂了林深的意思後，便喜笑顏開。「我都想好了，人家都是養兒防老，既然我們不能養個兒子，養隻猞猁也可以防老嘛。等以後年紀大了，兩個老頭坐在木屋裡，就讓赫猁猁出去抓兔子養我們。」

林深聽著他那些話，聽他說以後他們變成兩個老頭的模樣，心裡暖暖的，但是臉上卻不露痕跡。

「赫猁猁？」

「對啊，我兒子嘛，當然要跟我姓。」

「你兒子？你確定？」林深意味深長地看向他。「從各方面來講，我才是父親，牠應該跟我姓，林猁猁。」

「憑什麼！這兒子是我撿回來的，你別想佔便宜。」

「上下決定命運，地位決定主導，你就認命吧。」

「林林林林林深！」赫颯漲紅了臉，憤怒地指著林深說不出話來。

他抱著懷中的小猞猁追上去，悲憤道：「你說話怎麼越來越無賴了，誰教你的？你變了！」

「變了你不喜歡？」

「我我我……」赫颯的臉色漲紅，突然說不出話來。

一串輕快的笑聲傳來，帶著無法隱藏的快樂。林深在前面走著，心情不錯，赫颯忿忿地跟在身後，不滿地碎碎念著什麼。

小猞猁緊緊趴在赫颯懷中，耳朵時不時地抖動著。牠滿是好奇地看著這兩隻直立行走的奇怪動物，不知道他們是在鬧什麼。

「嗷嗷嗷……」猞猁伸出小爪子撓了赫颯一下。

「哎，餓了？」赫颯低頭看了牠一眼，「乖乖，一會回去就餵你吃東西。」

「嗷。」

兩個人一前一後走在回家的山路上，身影慢慢地消失在小徑盡頭。笑鬧的人聲不斷地傳來，又漸漸隱入林中，就像一個不為人知的故事。

不知在若干年後，在這同一條山路上，是不是真的會跑出一隻身姿矯健的猞猁，在牠身後則跟著兩個相攜而走，白髮蒼蒼的老人。

時光荏苒，歲月如歌。

唯有你還在。

——番外．二〈歲月如歌〉完

番外・三　禮物

那是一個陽光明媚的早晨，赫颯又在幫林深洗內褲。

林深不知跑哪裡去了，也許是去巡邏，也許是去幫小涵澆水。反正赫颯一大早就沒看見他的人影，現在還得坐在這裡幫他洗內衣褲。

「哼，我給你洗，我幫你搓。」

他的目光彷彿要在林深的衣服上燒出個洞來。最好洗出一個洞，赫颯想，做成開襠褲，看林深那傢伙以後怎麼穿。

赫颯如此忿忿不平，其實是有原因的。

今天是他的生日，而在生日之前一個禮拜，他已經明示暗示了很多次，提醒林深不要忘記。

然而今天林深竟然一早就不見人影，好像渾然不記得這件事似的，連個禮物都沒有準備，赫颯能不生氣嗎？

其實他並不是生氣林深沒有準備禮物。說起來生日禮物這東西，他從小到大收到手軟，其實覺得挺沒意思的。因為很多時候來送禮物給他的人都各有目的，未必是真心。於是在這種情況之下，收禮物的人自然也只能形式化地道一聲謝。久而久之，生日過得都沒意思了。

但是林深不一樣，因為他對赫颯而言是不一樣的，所以無論他送什麼禮物，赫颯都會很期待。與其說是期待禮物，不如說是期待林深為他準備禮物的過程。因為這會讓人覺得，在對方心裡自己是很重要的。

「……啊啊！越想越鬱悶！」

赫颯甩手不幹了，憑什麼林深不記得他生日，他還要在這裡幫對方洗內褲。他雙眼盯著林深的一條黑色內褲，嘴角露出不懷好意的笑容。

我這就給你開個洞，讓你風吹涼颼颼。

他雙手拿起那塊黑色布料，正準備行動。

「赫、赫颯哥，你在幹什麼啊？」

赫颯一回頭，就看到韓志那個小子趴在窗戶上，愣愣地看著他。那眼神就好像在看一個深藏不露的變態。

赫颯臉色一變，想解釋，又覺得自己像是此地無銀三百兩，索性破罐子破摔道：「我洗我的衣服，你管得挺多啊小子！」

韓志被他一喝，縮了縮脖子，嘀咕道：「也不是我要來管你啊。」

「你說什麼？」赫颯挑眉。

「我說！是林深哥讓我來找你的。」韓志連忙道，「他人在後山，說找你有事。」

赫颯臉色一黑，道：「今天又有『客人』啊？」

「我……我不知道。」

沒等韓志說完，赫颯已經嘆著氣站起身。

別管什麼生日不生日了，工作還是要做的。老天爺可不會因為你生日就給你網開一面。

他讓韓志守好門，背上工具就匆匆出了門。

如今赫颯也算是資深員工了，從最開始老是被嚇得膽戰心驚，到如今已經可以面不改色地處理各種屍體。現在他甚至一邊趕路一邊想著，等等回來中午要做什麼午飯。馬鈴薯燉雞肉，還是來個酸菜魚？

呸呸，林深那個不長記性的，我做那麼好吃的給他幹什麼。他一邊抱怨著，人已經抵達後山。

他走到後山，卻不見林深的人影。樹蔭裡陰風陣陣，光線照射不到的角落還時不時傳來西西悉悉窣窣的聲音。

赫諷剛壯大了沒幾兩的膽子，瞬間又縮回去了。

「林……林深，你在哪？哈、哈哈，別故意嚇我啊。」

沒有人回答。只有風吹過樹林的聲音，忽遠忽近地傳在耳邊。

赫諷突然有些心慌，林深不會故意嚇他，那是怎麼回事，難道真的出事了？

「林深！你人呢？」他的心臟砰砰跳起來，忍不住大聲喊，「別開玩笑了，快出來，你——」一眨眼，眼角似乎有個白色的東西閃過，在樹林的陰影裡快得像幽靈般一閃而逝。赫諷瞬間僵住了，而心裡對林深的擔憂，又讓他做不到對那一絲異樣視而不見。

他吞了吞口水，小心翼翼地走了過去。

「林……」

後背突然有一隻手搭了上來。

冷冷的，硬硬的。

赫諷一瞬間頭皮發麻，腎上腺素飆到最高。他閉上眼咬牙轉過去，大喊一聲：「啊打——！妖靈退散！」

半晌，聽見人噗嗤一笑。

「你幹嘛呢？」

只見林深一身灰撲撲的，似笑非笑地站在他面前。赫諷眨了眨眼，總算是回過神來，意識到自己剛剛丟人的行為，掩飾道：「沒，沒事，我就是練練嗓子，呵呵。」

林深眼中藏著笑意，不去追究。

「好吧。那你現在是要繼續練嗓子，還是來幫我挖竹筍？」

「竹筍？」赫諷好奇地跟著他走過去，看到林深在一處凹地蹲下。這裡處在下風，又背光，難怪剛才他沒看見林深，林深也沒聽見他呼喊。

「我找了一圈，就這片樹林的竹筍長得最好。」林深說，「所以我想多摘一些回去，就讓韓志去喊你。」

赫颯鬆了一口氣，又好笑道：「就為了幾根竹筍，有必要這樣嗎？」

林深渾身都是泥巴，看來是跑了不少地方。

「有必要。」他說，「你前天說想吃竹筍，我想說今天是你生日，至少也要滿足你一個心願。」

他這麼平平淡淡不經意地說著，赫颯卻突然愣住了。他看著眼前的男人，費力地蹲在茂密的竹林間，彎腰從泥土裡小心地挖著竹筍，臉上身上都沾滿了泥，顯得髒兮兮的。

赫颯卻頭一次覺得，林深是這麼好看。

於是，正在挖筍的某人就聽到身後有人小聲地說了：「好吧，這次就給你打一百分吧。」

林深奇怪道：「什麼一百分？」

「沒什麼，還要挖多少，放著我來。」赫颯笑嘻嘻地蹲到林深身邊，兩個大男人，光天化日之下一起挖起了竹筍。

半天後，赫颯腰痠背痛地看著自己的勞動成果。

「不錯啊，回去可以吃一個月的竹筍炒肉絲了。」

他之前出門本來準備用來背屍體的袋子，現在用來裝起了竹筍。兩人也不嫌棄，一前一後提著袋子，走出了竹林。

「嗯？怎麼不走了？」赫颯回頭，看著突然停下腳步的某人。

「我突然想起了一件事。」林深說，「你的願望實現了，可我的願望還沒有實現。」

「什麼？」赫颯好笑道，「喂喂，今天是你生日還是我生日啊？要求這麼多……」

他說著說著突然啞巴了，只見林深從口袋裡掏出一個紅色的小盒子來。

「不會吧。」赫颯結巴了，不敢置信地看向林深，「你、你你不會是要——」

「赫颯。」

林深打開盒子，只見一枚男式戒指，鑲嵌在層層疊疊的四葉草之間。

他說：「從爺爺去世以後，我就是獨自一人住在山上。其實我並不認為有什麼不好，甚至覺得一個人更自在。直到你來了——」

他那雙褐色的眸子，在陽光下變得淺淺一汪，專注地看向赫颯。

「現在，我已經再也回不去一個人的生活了。赫颯，你願意成為我的家人嗎？」

「你……」赫颯感覺臉燒得慌，心裡滾燙一片，「你從哪裡學到這些招數的？」

「我去問了小涵，她告訴我的。她也願意做我們的見證人。」

赫颯聽他信口開河，哭笑不得道：「你真的明白這是什麼意思嗎？你……」他話沒說完，因為林深已經牽起了他的右手，在他的無名指上輕輕吻了一下。

「知道。這是從今以後，再也沒有人能把你從我身邊奪走的意思。」

一股熱流沿著被親吻的皮膚湧入心頭，又湧上眼眶。赫颯接過戒指，自己套上，低著頭過了好一會。

林深一直靜靜地看著他。直到這人突然抬起頭來，給了他一個大大的擁抱。

「我願意。林深，從今以後我就是你的家人，你也是我的家人。我們相依為命吧！」

「嗯。」

林深笑了，擁住他。

或許沒有甜言蜜語，或許沒有海誓山盟。

但是成為家人，相依為命，已經是他們能夠做出的最鄭重的承諾。

從今往後，一生有你。

兩人下山的時候，赫颯用四葉草編了一個戒指給林深，也幫他戴在了手上。

「我還以為你的腦袋裡根本沒這根弦呢。」赫颯感慨道，「沒想到你還挺正常的嘛，還知道來點驚喜。」

林深無奈地看著他，「你究竟是怎麼看待我的？」

「嗯，活在山林中不諳世事的美少年？」赫颯說完，自己都笑了起來，「還好你不是真的叫我來工作。你知道嗎？剛聽見韓志那小子傳話，我還以為又要來背屍體了呢。嗯，你怎麼了，林深？」

赫颯看見林深突然站住不動，目光望著遠處的某個角落，心裡頓時咯噔一跳。

林深轉頭看他，「我剛才好像看見那邊晃過去一個人影，白色的。」

赫颯張大嘴：「我、我之前去找你時，也看到一個白影。」

在這個時節來到山上，躲躲藏藏的不明人影。

兩人對視半晌之後，拔腿向林深看到的方向狂奔，赫颯一邊抱怨：「啊啊啊啊，為什麼偏偏是在今天！我要抗議，這份工作全年無休，還沒有加班費！」

「嗯，連人都倒貼了。」

「林深！」

「小聲點，小心把人嚇走。」

一片雞飛狗跳。

今天的守林人，依舊盡職盡責地工作著。

——番外．三〈禮物〉完

高寶書版集團
gobooks.com.tw

BL052
有種你別死03(完)
作　　者　YY的劣跡
繪　　者　生鮮P
編　　輯　林雨欣
校　　對　任芸慧
美術編輯　彭裕芳
排　　版　彭立瑋
企　　劃　李欣霓

發 行 人　朱凱蕾
出　　版　英屬維京群島商高寶國際有限公司臺灣分公司
Global Group Holdings, Ltd.
地　　址　臺北市內湖區洲子街88號3樓
網　　址　www.gobooks.com.tw
電　　話　(02) 27992788
電　　郵　readers@gobooks.com.tw（讀者服務部）
pr@gobooks.com.tw（公關諮詢部）
傳　　真　出版部　(02) 27990909　行銷部 (02) 27993088
郵政劃撥　50404557
戶　　名　三日月書版股份有限公司
發　　行　三日月書版股份有限公司/Printed in Taiwan
初版日期　2021年 2 月

國家圖書館出版品預行編目(CIP)資料

有種你別死 / YY的劣跡著.-- 初版. -- 臺北市：英屬維京群島商高寶國際有限公司臺灣分公司：三日月書版股份有限公司發行, 2021.02-
冊；　公分. --

ISBN 978-986-361-964-2(第3冊：平裝)

857.7　　109018903

三日月書版

三日月書版

GOBOOKS & SITAK GROUP ©

GOBOOKS
& SITAK
GROUP©